폴란드의 비밀 양육원

폴란드의 비밀

양육원

장경선 소설

일러두기

- 이 소설은 1950년대 한반도에서 일어난 전쟁으로 가족을 잃은 아이들이 폴란드로 보내졌던 역사적 사건을 바탕으로 쓰였습니다.
- 폴란드어 대화는 편의상 한국어로 옮겼습니다.
- 폴란드 사람, 음식, 장소 이름 중 일부는 국립국어원 외래어 표기법이 아닌 저자의 의도에 따라 현지 발음에 가깝게 표기했습니다.

| 차례 |

여름방학

오늘은 여름방학 첫날이자, 현수 오빠와 사귄 지 30일이 되는 날이다. 양육원 구석구석을 둘만의 로맨스로 꽉꽉 채우고 싶었지만, 오빠는 다른 사람들에게 알려지는 게 부담스럽다며 비밀로 하자고 부탁했다. 오빠 말을 받아들이긴 했지만 나는 솔직히 섭섭했다. 열여덟의 세계는 열다섯의 세계보다 훨씬 복잡한 것 같다.

"오빠, 매일 편지할 거지?"

"그럼."

오빠와 새끼손가락을 걸었지만 스멀스멀 불안이 올라왔다. 행복할 때마다 빳빳이 고개를 쳐드는 불안감. "오빠, 여우들 꼬임에 빠지면 안 돼." 하고 다짐을 받고 싶었지만 너무 쪼잔해 보일까 봐 참았다. 여우 굴에 오빠를 남기고 떠나는 내 심정을 오빠는 절대 모를 거야. 속엣말을 참으려니 불안이 더해졌다.

양육원에는 오빠에게 눈독 들이는 여우들이 득시글하다. 그중 꼬리 아홉 개 달린 불여우 수련 언니가 경계 대상 1호다. 얼굴도 예쁜 데다 공부도 잘하고, 재봉질에 노래까지 못하는 게 없다. 수련 언니가 오빠 옆에 찰싹 들러붙어 목젖이 다 보이도록 웃어 젖힐 때면 열불이 솟구친다.

"오빠를 못 본다고 생각하니 벌써 슬퍼."

연기가 아니라 정말 눈물이 나왔다. 그 순간, 오빠가 내 이마에 입술을 가져다 댔다. 부드러운 입맞춤에 행복이 밀려오자 사각사각, 여지없이 불안이 행복을 갉아 댔다. 저리 가.

작년 여름방학이 끝나는 날부터 올해 여름방학을 기다렸다. 나만큼 기다리기를 잘하는 사람이 세상에 있을까. 기다리고 기다리고 기다려 마침내 오늘에 다다랐다. 드디어 마마와 파파 집에 가는 날이 왔지만, 현수 오빠와 60일이나 떨어져 살아야 한다. 행복과 불행은 손바닥과 손등처럼 찰싹 붙어 다닌다. 현수 오빠와 마마 파파를 양팔 저울 양쪽에 올린다면, 한 치도 기울지 않고 수평을 이룰 것이다.

"순례야, 잘 다녀와. 오빠는 방학 동안 집중적으로 공부 좀 하려고."

"오빤 나보다 공부가 더 좋지?"

내가 입술을 샐쭉거리며 눈을 흘기자, 오빠가 이마도 아닌 볼도 아닌 입술에다 오빠의 입술을 갖다 댔다. 스르륵 힘이 빠져 버렸다. 꿀보다 달콤한 이 순간이 영원으로 이어져라, 이어져라, 이어져라….

똑똑똑, 옥상 다락방 문 앞에서 망을 보던 금옥이의 노크 소리가 우리의 행복에 훼방을 놓았다. 금옥이는 우리의 비밀 연애를 아는 유일한 파수꾼이다. 히이잉, 나를 데려갈 마차도 도착했는지 말 울음소리가 요란했다.

"잘 갔다 와."

"오빠, 최 선생님께 허락 맡고 꼭 놀러 와야 해."

"그래."

오빠가 내 머리카락 사이에 손가락을 넣고 흔들었다. 절대로 수련 언니에게 한눈팔지 않겠다는 다짐을 받고 싶은 걸 꾹꾹 눌러 참았다.

다락방을 나오자 애가 탄 금옥이가 쪼르르 달려와 종주먹을 휘둘렀다. 계단을 내려가는 내 발목에는 바윗덩이 수만 개가 매달렸다. 금옥이가 2층 방으로 달려가 여행 가방을 들고 나왔다. 위탁 가정에 발탁되지 못한 금옥이는 속상하다 못해 억울해했다. 이번 여름방학에는 위탁 가정으로 가는 아이들 숫자가 현격히 줄어, 200명 중 고작 20명뿐이었다.

"금옥아, 꼭 놀러 와."

"독사 같은 최 선생님이 허락하겠니."

"그래도 불여우가 현수 오빠에게 꼬리 치는 건 감시해 줄 거지?"

"눈에 불을 켜고 지킬 테니 걱정 마."

금옥이가 손톱을 세우며 눈을 흡떴다.

"어머, 너도 가는구나."

양반은 못 된다. 불여우 수련 언니가 생글생글 웃으며 1층 사무실 앞에 서 있었다. 위탁 가정으로 가는 친구를 배웅 나온 모양이었다. 가방을 내 발치에 내려놓은 금옥이가 잘 다녀오라는 말을 남기고는 후다닥 2층으로 올라가 버렸다.

"네가 현수에게 시집 줬다며?"

오빠는 언니에게 이런 얘기까지 다 하는구나. 속상했다.

"다른 말은 안 해요?"

"다른 말? 무슨 말?"

"오빠랑 제가… 아니에요."

"현수랑 너랑 사귄다는 거니? 으후후후후, 어쨌든 몸 상하지 말고 건강히 잘 지내다 와."

수련 언니의 어린애 취급에 화딱지가 났다. 나는 휙 사무실로 들어갔다.

사무실에는 이미 위탁 가정으로 떠날 언니 오빠들과 총책임자인 최 선생님과 지도원 선생님까지 모두 모여 있었다. 꼴찌로 들어온 내가 못마땅한 최 선생님이 차가운 눈으로 쩨렸다. 독사에게 물리면 약도 없다. 화다닥 맨 끝자리로 가 눈길을 피했다.

"잘 듣도록! 거듭 강조하지만, 폴란드는 나라 전체가 하느님이란 신을 믿는다. 신이란 나약한 인간이 만들어 낸 창조물일 뿐이다. 그러니 신과 관련된 그 어떤 물건을 만져서도 안 되고, 몸에 지녀서는 더더욱 안 된다. 만에 하나라도 가지고 있다 발각되면 엄중한 처벌을 받게 된다. 알겠지?"

"네!"

매일 사상 교육 시간마다 신을 섬기는 일은 조국을 배신하는 행위라 엄벌에 처해진다고 귀에 딱지가 앉도록 들었다. 폴란드 선생님이 준 묵주나 십자가 목걸이를 숨겨 놓았다가 발각되어 끌려간 아이들도 있었다.

"또한, 전쟁 중이었던 조국을 대신해 너희를 맡아 준 폴란드에 항상 감사해야 한다. 특히 위탁 가정에 보답하는 마음으로 최선을 다해 일손을 보태도록!"

"네!"

"그럼, 개학하는 날 한 명도 빠짐없이 건강한 모습으로 복귀하도록 한다. 물황철나무 앞으로 가서 대기하도록!"

최 선생님 연설이 끝나자 우리는 우르르 밖으로 몰려 나갔다.

마당으로 나오자 양육원 담장 너머에 서 있던 마마와 파파가 손을 흔들었다. 손을 흔들며 뒤돌아보니 창가로 몰려든 아이들이 떠나는 우리를 구경했다. 그 속에 금옥이도 있었다. 슬그머니 손을 내리는데, 3층 창가에 현수 오빠가 서 있는 게 보였다. 바로 아래층 창가에서는 불여우 수련 언니가 활짝 웃으며 손을 흔들었다. 깜박 졸던 불안이 번쩍 눈을 떴다. 물황철나무 앞으로 걸어가는 다리가 부들부들 떨렸다. 햇살을 담뿍 받은 나뭇잎이 반짝반짝 빛났다. 전쟁고아들을 받아 준 고마움의 답례로 김일성 장군님이 조국에서 가져와 직접 심은 나무였다. 장군님은 우리가 사는 양육원을 지어 주셨고, 황무지였던 뒷마당에다 천 그루의 나무를 심게 했다. 7년 전에 심은 나무들이 한 해가 다르게 쑥쑥 자라 제법 우거진 숲을 이뤘다. 나와 오빠는 숲에서 산책하는 척 자연스럽게 만났다.

"조국의 얼굴에 먹칠하는 일 없게, 열심히 일손을 거들어야 한다. 지금이 가장 바쁜 철이란 걸 명심하도록. 자, 각자의 위탁 가정으로 출발!"

최 선생님의 마지막 당부가 끝나자 우리는 들판을 달리는 토끼처럼 사방으로 흩어졌다.

나는 두 팔을 벌리고 서 있는 마마의 품속으로 뛰어들었다.

"한나, 돌아왔구나."

'한나'는 마마와 파파가 '순례'를 발음하기 어려워 지어 준 폴란드 이름이다. 마마와 파파가 내 볼에 뽀뽀를 퍼부었다. 마마에게선 달콤한 퐁첵* 냄새가, 파파에게서는 노릇노릇 구워진 소시지 냄새가 났다.

"마마 파파, 보고 싶었어요."

---

* 퐁첵: 다양한 과일 잼이나 단팥이 속에 들어 있는 도넛.

"우리도 네가 보고 싶어. 네 돌멩이를 매일 만지며 살았어."

"저도요. 이거 보셔요."

마마와 파파 앞에서는 자꾸 어리광을 부리게 된다. 주머니에 넣어 뒀던 돌멩이를 꺼내 보았다. 햇살을 받은 돌멩이는 자르르 윤기가 흘렀다.

7년 전 폴란드에 도착했을 때, 폐렴에 걸려 있던 나는 바로 입원을 했다. 간호사였던 마마는 내 상태가 좋아졌는데도 양육원에 보내지 않고 마마 집에 데려가 기름진 음식을 먹었다. 마마와 함께 살았던 6개월 동안 내 몸은 완전히 회복되었고, 양육원으로 떠나는 날 마마가 내 손바닥 위에 올려놓은 게 바로 이 돌멩이였다. 마마와 파파가 뽀뽀를 백 번이나 했기 때문에 두 분의 영혼이 돌멩이에 담겨 있다고 했다. 떨어져 있는 육체보다 함께 있는 영혼이 더 가깝다면서 말이다. 천둥이 치는 날에도 돌멩이를 쥐고 있으면 신기하게 두려움이 사라졌다. 마치 마마 파파의 손길이 내 가슴을 쓸어내리는 것 같았다.

다행히 여름방학마다 마마네 집이 나의 위탁 가정이 되었고, 방학이 끝나 양육원으로 돌아갈 때는 나도 내 돌멩이에다 뽀뽀를 백 번 해 두었다. 마마와 파파가 나를 잊지 않고 다음 여름방학에도 불러 주길 바라면서 말이다.

"너희도 잘 있었지?"

말들도 머리를 흔들며 반갑다고 히이잉 소리쳤다.

"누구니? 너만 뚫어지게 바라보는 저 애니?"

내가 마차에 오르자 마마가 3층을 가리키며 물었다. 내가 고개를 끄덕이자 번쩍 눈이 커진 마마와 파파가 현수 오빠를 향해 손을 흔들었다. 당황한 나는 고삐로 말 옆구리를 톡 쳤다. 놀란 말이 다급히 발굽을 옮겼다. 마마는 아예 뒤돌아 앉은 채로 손을 흔들었다. 파파는 멀리서 봤는데도 썩 괜찮은 것 같다며 나를 쑥스럽게 만들었다. 다그닥 다그닥 말발굽 소리가 경쾌했다.

마차는 숲길로 접어들었다. 7월을 맞은 숲은 한껏 짙어졌다. 뙤약볕에도 숲속은 서늘하다. 숲을 뒤흔드는 매미들의 노랫소리 사이로 새들이 화음을 넣었다. 나도밤나무 잎사귀를 갉아 먹는 애벌레들은 왕성한 식욕을 자랑했고, 소나무와 삼나무 향기는 숲을 그득 메웠다. 큰 나무 밑에는 고사리와 꽝꽝나무 같은 관목들이 목을 길게 뺐고, 꽃말이 '나를 잊지 말아요'인 꽃마리가 숲속의 별처럼 피어났다. 빨간 모자를 눌러쓴 버섯들도 이끼를 뚫고 말간 얼굴을 내밀었다.

"한나, 퐁첵 먹을래?"

마마는 하얀 설탕 시럽이 잔뜩 붙어 있는, 파파 주먹만 한 퐁첵을 내 손에 쥐어 주었다. 한 입 베었더니 단팥이 입안 가득 들어왔다. 마마가 만든 퐁첵은 겉은 쫄깃쫄깃 부드럽고, 속은 촉촉하다. 단팥, 사과 잼, 블루베리 잼… 골라 먹는 재미까지 더해져, 먹어도 먹어도 질리지 않는다. 내가 단숨에 한 개를 해치우자, 기다렸다는 듯이 파파가 노릇노릇 잘 구워진 소시지를 내밀었다. 아무리 배가 불러도 소시지는 못 참지. 아! 살 빼야 하는데!

"마마, 루자가 낳은 아기 돼지가 젖을 뗐다면서요?"

"그건 어떻게 알았니?"

"마렉이 어찌나 떠벌리던지 전교생이 다 알걸요."

내 대답에 파파가 목젖이 다 보이도록 껄껄거렸다.

기말 시험을 보기 며칠 전부터 마렉이 자꾸 루자 얘기를 꺼냈다. 루자는 마렉네 암돼지다. 루자가 위대한 암돼지란 걸 모르는 사람은 없다. 매년 읍내에서 열리는 돼지 달리기 대회에서 2년 연속 우승을 했기 때문이다. 마렉 녀석은 루자를 위해 감자 한 알 던져 주지 않았으면서, 우승컵을 번쩍 들어 올리며 잔뜩 거드름을 피웠다고 했다. 아마 이번 대회에서도 루자는 1등을 할 것이다. 위대한 암돼지 루자는 새끼도 열두 마리나 낳았다. 여기까지는 모두가 아는 사실이다.

그런데 며칠 전 난데없이 마렉이 거래를 제안했다. 시험 볼 때 답안지를 보여 주면 새끼 돼지 한 마리를 주겠다며 야죽거렸다. 이번에도 시험에서 꼴찌를 하면 여름방학 내내 돼지우리 청소를 해야 하기 때문일 것이다. 그러나 나는 작년 이맘때 이미 이자벨라 아줌마와 거래를 맺었다. 아줌마네 감자밭의 콜로라도 감자 잎벌레를 잡아 줄 테니 루자가 새끼를 낳으면 한 마리 달라고 내가 먼저 제안했다. 아기 돼지를 루자처럼 위대한 암돼지로 키워

새끼 돼지를 낳게 하고, 그 새끼 돼지가 자라 또 새끼를 낳으면 그 새끼 돼지를 팔아 큰돈을 벌어야지. 부자가 된 나를 상상만 해도 흡족했다. 내 제안에 이자벨라 아줌마가 고개를 갸웃거리더니 마마와 파파의 허락을 맡으면 한 마리 주겠노라고 했다. 마마와 파파는 당연히 허락해 주었다.

이미 새끼 돼지 한 마리를 확보해 놓았지만 나는 마렉의 제안을 받아들일 수밖에 없었다. 마마 파파와 주고받은 비밀 편지 때문에 마렉에게 약점을 잡혀 옴짝달싹할 수 없기 때문이다. 말이 거래지, 겁박이나 다름없었다.

양육원 규칙상 외부인과의 접촉은 차단되었다. 위탁 가정 가족이나 학교 동무들도 양육원에 마음대로 드나들 수 없었고, 양육원생도 허가 없이는 양육원 밖으로 한 발짝도 나갈 수 없었다. 그런데 마마와 파파는 양육원에서 학교로 가는 길에서라도 나를 보려고 매일 아침 학교 근처로 찾아왔다. 나는 두 분을 알은체할 수 없었다. 등하굣길도 양육원생 전체가 줄을 맞춰 이동했기 때문이다. 꼬리가 길면 밟힌다더니, 마마와 파파는 결국 지도원 선생님께 들키고 말았다. 마마와 파파는 절대 오지 않겠다는 각서를 써야 했지만, 최 선생님에게까지 보고되지 않아 천만다행이었다.

그러나 마마와 파파는 끈덕졌다. 놀랍게도 나와 같은 반인 마렉 편에 편지를 보냈던 것이다. 마렉은 마마와 파파네 옆집에 살고 있다. 나도 마렉 편에 답장을 보냈다. 그렇게 우리는 7년째 비밀 편지를 주고받고 있다. 편지에는 현수 오빠와 다락방에서 몰래 만났고, 재봉질로 블라우스를 만들었고, 음악 선생님께 노래를 잘 부른다는 칭찬을 받았으며, 폴란드의 영웅 쇼팽의 〈녹턴〉을 감상한 일까지 상세히 적었다. 마렉이 볼까 봐 풀칠을 단단히 해 뒀지만 고양이에게 생선을 맡기는 셈이라 늘 불안했다. 그럼에도 마렉만 한 배달부는 폴란드 전체를 뒤져도 없으니 잘 보일 수밖에.

마렉은 끝끝내 선생님 눈을 피해 내 답안지를 훔쳐 갔다. 꼴찌를 면한 마렉의 의기양양한 꼴이라니. 휴, 괘씸한 마렉과 여름방학 내내 얼굴을 맞대야 한다니, 벌써 머리가 지끈거리고 뒷골이 당겼다.

마렉 얼굴을 떨쳐 버리려고 부르르 몸을 떨었다. 그리고 바지 주머니에 넣어 둔, 시가 적힌 쪽지를 꺼냈다. 오빠는 뭐 하고 있을지 벌써 보고 싶어졌다. 반듯반듯한 글자들이 나비가 되어 내 가슴속으로 날아들었다. 나는 목을 가다듬고는 마마와 파파에게 시를 낭송해 주었다. 내가 가장 좋아하는 구절을 읊조릴 때는 가슴이 떨리고 황홀했다.

"한나, 마마 말이 맞았지?"

마마는 애면글면하지 말고 먼저 고백하라며 내 등을 떠밀었었다. 마마도 파파에게 먼저 고백해 행운이 넝쿨째 들어오지 않았냐고 으스대면서 말이다.

"심보르스카*는 역시 위대해. 시집은 내가 사 온 거다."

파파가 짧은 목을 젖히며 턱을 한껏 추켜들었다.

"그 애한테 시집을 어떻게 전해 줬는지 좀 더 자세히 들려주겠니?"

깍지 낀 두 손으로 턱을 괸 채 눈을 반짝이는 마마는 사랑에 빠진 소녀 같았다.

마마가 마렉을 통해 보내 준 시집을 현수 오빠에게 건넬 때는 어쩌나 심장이 쿵쾅거리는지 숨을 쉴 수 없었다. 시집을 받아 들고 두 눈이 휘둥그래진 오빠의 입꼬리가 스르륵 올라갈 때는 심장이 터져 버리는 줄 알았다. 결정적인 순간에 그만 숨이 막혀 죽을 것 같아 후다닥 도망치고 말았다. 다음 날 아침 체조 시간에 오빠가 몰래 쪽지를 건네며, "나도 〈두 번은 없다〉가 가장 마음에 들어" 하고 말해 줬을 때는 두 손으로 입을 가린 채 펄쩍펄쩍 뛰었다. 내 고백에 대한 대답은 〈두 번은 없다〉였다. 쪽지에는 오빠가 손 글씨로 쓴 〈두 번은 없다〉가 적혀 있었다. 아! 근사해. 현수 오빠는 이런 사람이다.

"마리 퀴리처럼 노벨 물리학상을 받겠다는 현수의 포부는 여전하지?"

"그럼요. 이번에도 1등 했는걸요."

---

* 비스와바 심보르스카: 폴란드의 시인, 1995년 노벨 문학상을 수상했다.

"우리 한나가 세계적인 물리학자의 부인이 되겠구나."

"바르바라, 너무 앞서가는구려."

마마와 파파는 서로의 얼굴을 바라보며 까르르 웃었다. 마마가 노심초사할까 봐 불여우 수련 언니 얘기는 입도 벙긋 안 했다.

콜로라도 감자 잎벌레

눈이 번쩍 뜨였다. 성급한 햇살은 이미 내 얼굴 위에서 해찰을 부렸다. 시계를 보니 정확히 6시였다. 양육원에서는 6시에 일어나 세수하고, 6시 30분이면 마당에 모여 다 함께 체조를 한다. 체조가 끝나면 국기를 향해 경례하며 장군님께 충성을 맹세한다. 7시가 되면 아침을 먹고 8시에는 200여 명이 발을 맞춰 학교로 출발한다. 등교부터 하교까지 모든 행동은 최 선생님과 지도원 선생님의 지도하에 단체로 이뤄진다. 학교 수업이 끝나면 4시 30분에 양육원으로 돌아와 저녁 식사를 할 때까지 숙제를 하거나 자유 시간을 갖는다. 저녁밥을 먹고 난 후에는 지하 1층 공작실에서 취미 활동으로 재봉질과 목공을 배우거나, 악기나 그림을 배운다. 취미 활동이 끝나면 씻고 취침 준비를 한다. 9시가 되면 일제히 불을 끄고 침대에 눕는다. 정확한 시각에 정해진 대로 움직이는 똑같은 일상 같지만 매일 다른 하루하루다.

오랜 규칙은 습관이 되었다. 오늘도 어김없이 제시간에 눈이 떠졌다. 하지만 나는 하품을 늘어지게 하며 기지개를 켜고 침대를 뒹굴었다. 늘쩡늘쩡 자유를 만끽했다. 마마가 일어나라고 깨우러 올 때까지 기다리려다가 옷을 챙겨 입고 아래층으로 내려갔다. 늙은 개 쇼팽이 다가와 몸을 비비적거렸다. 작년보다 몸놀림이 훨씬 둔해졌다.

"한나, 벌써 일어났구나. 더 자지 않고."

"파파 따라 버섯 따러 가려고요. 임시 벙커까지 갔다 올 거예요."

"임시 벙커에는 혼자 가면 절대 안 되는 거 알지?"

"독일군에게 잡혀가면 안 되니까요."

내 농담에 모자를 챙겨 든 파파가 큭큭 웃었다. 내가 아니었다면 벌써 숲에 다녀오고도 남았을 파파였다. 숲속 임시 벙커에서는 2차 세계 대전 때 폴란드군과 독일군 사이의 대격전이 있었는데, 폴란드 병사가 모두 전사했다고 했다.

"마마, 서머 트러플*을 꼭 따 올게요."

마마는 버섯 중에 최고인 서머 트러플을 엄청 좋아한다. 나는 큰소리를 떵떵 치며 밖으로 나왔다. 뒷발질하던 닭들이 나를 흘끔 쳐다보고는 이내 옴팡지게 땅을 파헤쳤다. 마마가 가꿔 놓은

---

* 서머 트러플: 여름 송로버섯.

꽃밭에는 꽃들이 앞다투어 피어났고, 부지런한 파파가 차곡차곡 쌓아 놓은 장작더미가 그득했다. 콸콸콸 물을 쏟아 내는 펌프와 콜로라도 감자 잎벌레를 담는 통마저 반가웠다. 나는 파파가 나오기를 기다리며 돌멩이를 주웠다.

매년 여름방학의 첫날에는 임시 벙커에다 돌멩이를 놓았다. 돌멩이를 놓는 건 죽은 영혼을 위로하는 방식이라고 마마와 파파가 알려 주었다. 마침 벽에 걸린 대나무 바구니 아래에 울퉁불퉁한 회색 돌멩이가 나뒹굴었다. 나는 돌멩이를 냉큼 주워 파파에게 달려갔다. 어기적어기적 쇼팽이 앞장섰다. 서머 트러플 냄새를 맡기에 쇼팽은 너무 늙었다.

초록 이끼가 깔린 숲에서는 폭신폭신하고 향긋한 냄새가 난다. 양육원과 학교 근처에 있는 숲은 여기만큼 깊지 않고, 그나마 깊숙한 곳은 멧돼지가 출몰해 출입이 통제되었다.

컹컹, 귀가 잘 안 들리고 눈도 먼, 그나마 희미한 냄새로 무언가를 판단하는 쇼팽이 버섯을 찾아냈다. 먹을 수 있는 버섯이었다.

"쇼팽, 잘했어."

나는 쇼팽의 등을 쓰다듬으며 그 옆에 있는 버섯을 땄다.

"한나, 이젠 버섯을 척척 구별하는구나."

여름방학을 여기서 일곱 번 보내는 사이 파파에게 먹을 수 있는 버섯과 못 먹는 버섯 구분법을 배웠다. 눈썰미가 좋다는 칭찬 덕분에 나는 젊은 날의 쇼팽 못지않은 실력을 갖추게 되었다. 여기저기 버섯이 많은 걸 보니 오늘을 위해 파파는 며칠 동안 버섯을 따지 않은 게 분명했다.

임시 벙커까지 갔다 온 덕택에 바구니가 묵직했다. 집에 돌아오니 닭고기가 들어간 수프가 빵과 함께 놓여 있었다. 마마가 말을 꺼내기 전에 스테판 할아버지에게 갖다드릴 수프가 담긴 도자기 그릇을 챙겨 들었다. 스테판 할아버지 집까지는 잰걸음으로 10분 정도 걸어야 한다. 할아버지는 옹기종기 모여 있는 우리 집과 마렉네 그리고 요안나 아줌마네와 뚝 떨어진, 숲과 가장 가까운 곳에 혼자 살고 있다. 마을과 숲의 경계에 산다는 게 정확한 표현이다. 멀리서 보면 집인지 숲의 일부인지 분간조차 되지 않는다. 이 동네 어른들은 할아버지에게 드릴 음식까지 넉넉히 만든다. 그러면 할아버지는 누구네 감자밭이든 마음이 내키는 곳으로 가 콜로라도 감자 잎벌레를 잡는다. 할아버지는 주로 마렉네 감자밭에 머문다. 음식은 마마가 가장 많이 갖다드리는데도 말이다. 내가 공평하지 못하다고 말했더니 마마는 그렇지 않다고 웃어 보였다. 마렉네 아빠가 2차 세계 대전 때 폴란드를 위해 전사한 덕분에 우리가 살게 된 거고, 남편을 잃은 이자벨라 아줌마는 혼자서 마렉을 키워야 하기 때문이라고 했다.

스테판 할아버지는 우리 마을에서 가장 용감하고 지혜로운 어른이라고 파파가 알려 주었다. 두 차례의 세계 대전에서 살아남았고, 책을 엄청 많이 읽어 걸어 다니는 사전이라나. 나도 할아버지에게 여러 번 궁금한 걸 물어봤는데 할아버지는 살짝 머리를 갸웃거리더니 줄줄줄 대답했다. 그리고 마마와 파파는 본래 양육원 가까이에 살았는데 폐렴에 걸린 나를 위해 소나무가 우거진 이곳으로 이사 왔다는 사실도 할아버지가 알려 주었다. 그러면서 소나무가 내뿜는 피톤치드가 폐에 좋긴 하지만, 나의 병을 낫게한 건 피톤치드가 아니라 사랑의 묘약이었다고 했다. "넌 사랑받기 충분한 아이였지."라면서.

"할아버지? 스테판 할아버지?"

나는 소나무와 편백나무가 울타리처럼 서 있는 마당으로 들어서며 할아버지를 불렀다. 집 안에 있던 개가 컹컹 소리를 지르면서 달려 나왔다. 등이 잔뜩 굽은 할아버지가 손을 흔들며 뒤따라나왔다.

"마마가 만든 수프예요. 식기 전에 드시래요."

"고맙구나. 한나, 그사이 많이 자랐구나."

할아버지가 무슨 말을 더 하려고 입을 벙긋거렸다.

"할아버지, 이따가 감자밭에서 봬요. 임시 벙커까지 갔다 왔더니 배가 등가죽에 착 달라붙었어요."

할아버지에게 미안했지만 내 발은 이미 집으로 달려가고 있었다. 스테판 할아버지는 말하는 걸 엄청 좋아한다. 마렉은 할아버지가 자기네 감자밭에 있으면 귀에서 피가 날 것 같다며 얼씬하지 않는다.

수프를 한 그릇 비우고 사과 잼을 듬뿍 바른 빵을 세 조각이나 해치웠다. 마음 같아서는 루자가 낳은 아기 돼지를 보러 한달음에 달려가고 싶지만 마마 파파를 따라 감자밭으로 갔다. 방학 첫 날부터 마렉과 부딪치는 게 끔찍할뿐더러 콜로라도 감자 잎벌레는 한낮이 되기 전에 잡아야 한다. 내 손이 야무져 잎벌레를 잘 잡는다는 마마와 파파의 칭찬을 오랜만에 듣고 싶었다.

"감자 잎벌레가 밤마다 하늘에서 떨어지는 게 분명해. 그렇지 않고서야 잡아도 잡아도 끝이 없을까."

마마가 툴툴거렸다.

"마마, 걱정 마셔요. 제가 몽땅 잡아 버릴 테니까요."

"오냐. 네 야문 솜씨를 보여 주려무나."

말이 떨어지기 무섭게 나는 초록 잎에 들러붙은 잎벌레 한 마리를 냉큼 잡았다. 노란 바탕에 까만 줄이 여러 개 나 있는 잎벌레가 다리를 바르르 떨며 살려 달라고 애원했다. 안 되거든. 자, 통속으로 직행.

감자밭의 악당인 콜로라도 감자 잎벌레의 식성은 우주 최강이다. 떼로 몰려다니며 순식간에 감자 잎이며 줄기를 먹어 치운다. 방심했다가는 그해 감자 농사를 홀라당 망쳐 버린다. 그런데 콜로라도 감자 잎벌레를 트랙터로는 잡을 수 없어 여간 골치 아픈 게 아니다. 한 마리 한 마리 일일이 손으로 잡아야 한다. 온종일 감자 잎벌레를 잡다 보면 허리와 다리가 끊어져 나갈 만큼 아프다.

기쁨이라는 대가가 따르지만 힘든 건 사실이다.

"역시 우리 한나가 최고다."

마마와 파파가 엄지를 세웠다.

잎벌레를 말끔히 해치우고 나자 기분이 가붓했다.

"한나, 우린 사과밭으로 간다."

마마와 파파가 트랙터를 몰고 과수원으로 갔고, 나는 마렉네 감자밭을 바라보다 무거운 걸음을 떼었다. 이자벨라 아줌마 아들이 마렉이 아니었으면 좋을 텐데.

다행히 마렉네 감자밭에는 스테판 할아버지 혼자 있었다. 할아버지가 없었대도 마렉이 감자밭에 진득이 앉아 잎벌레를 잡는다는 건 현수 오빠가 꼴찌를 했다는 말과 같다.

"마렉은요?"

"급한 일이 있는지 저리로 가더구나."

할아버지 눈길이 허공을 헤집었다.

"언제쯤요?"

"글쎄다."

마렉이 집에 없는 걸 확인하고 나니 마음과 손이 바빠졌다. 마렉이 없을 때 루자가 낳은 아기 돼지를 봐야 한다.

"처음 널 만났을 때 정말 신기했단다. 눈코입이 오종종하게 모여 있는 게 어찌나 귀여웠는지 몰라. 특히 까만 눈동자가 별처럼 예뻤거든. 어느새 어여쁜 숙녀가 되었구나."

할아버지 얘기가 귀에 들어오지 않았다. 할아버지는 아침에 못한 말을 느릿느릿 꺼내 놓았다. 나는 눈치껏 고개를 끄덕이다 네, 네, 대답하며 장단을 맞추었다. 할아버지 입가에 허연 침이 일었다. 감자 잎벌레가 많아서 고맙기는 처음이었다.

빈 통이 차자마자 나는 돼지우리로 내달렸다. 루자가 드러눕자 아기 돼지들이 젖을 향해 돌진했다. 루자의 빵빵하게 부푼 핑크빛 젖을 쭉쭉 빨아먹는 아기 돼지들 위로 뜨거운 햇살이 쏟아졌다. 눈부시도록 아름답고 경이로운 광경이었다. 단 한 마리, 비실비실한 아기 돼지 한 마리가 젖 한 모금 빨지 못한 채 자꾸 밀려났다. 그래도 밀려나면 밀려나는 대로 코를 발름거리며 머리를 들이밀었다. 끈덕졌다. 루자는 이 사실을 아는지 모르는지 지그시 눈을 감은 채 흐뭇하게 웃었다.

나는 아기 돼지들을 찬찬히 살폈다. 루자 뒤를 이을, 아니 루자보다 더 뛰어난 달리기 선수는 누가 될까. 이미 내 돼지 이름까지 지어 놓았다. 루르카. 이자벨라 아줌마는 장미꽃을 좋아해서 핑크빛이 기름지게 도는 암돼지의 이름을 장미꽃이라는 뜻을 가진 루자라고 지었다. 루자의 '루'를 돌림자로 쓰고 싶어서 내 돼지 이름은 바싹한 롤에 생크림이 듬뿍 든 과자 이름인 루르카로 지었다. 루자와 루르카, 한 켤레의 신발처럼 잘 어울리는 이름이다. 마마와 파파는 새 식구가 될 루르카를 위해 암소 로디의 외양간 옆에다 벽돌로 튼튼한 돼지우리를 지어 놓았다. 루르카가 열세 마리의 아기 돼지를 낳는 상상은 언제나 나를 미소 짓게 한다.

"한나, 그동안 잘 지냈니?"

이자벨라 아줌마가 감자를 듬뿍 넣고 끓인 돼지죽이 든 양동이를 들고 다가왔다. 구수한 냄새를 맡은 루자가 무거운 몸을 일으키자 젖을 문 아기 돼지들이 대롱대롱 매달려 따라왔다.

"맘에 드는 놈을 골랐니?"

"아직요."

"튼실한 놈으로 고르거라."

"쟨 절대로 안 돼."

유령처럼 나타난 마렉이 가운데 매달려 젖을 빠는 토실토실한 아기 돼지를 가리켰다. 냇가에서 물고기를 잡고 왔는지 마렉은 머리에서 발끝까지 흠뻑 젖었다. 한 손에는 물고기가 담긴 통이, 다른 한 손에는 잎벌레가 그득 든 통이 들려 있었다. 스테판 할아버지가 잡은 걸 자기가 잡은 듯 거드름 피우는 꼴이라니. 남자는 여자보다 정신연령이 네 살쯤 어리다던데, 마렉을 두고 하는 말 같다.

"마렉, 돼지우리를 치워야 하지 않겠니."

아줌마가 소리치자 마렉이 꽁지 빠지게 달아났다.

허벅지까지 오는 노란 장화를 신은 아줌마가 돼지우리로 들어가 죽통에다 죽을 쏟자 고소한 냄새가 물씬 풍겼다. 아줌마가 비실비실한 아기 돼지의 입을 죽통에 갖다 대자 아기 돼지는 허겁

지겁, 정말 미친 듯이 죽을 먹었다. 아줌마는 다른 아기 돼지들도 죽통으로 몰았다. 그 덕분에 루자는 편히 식사를 했다. 아기 돼지의 자그만 배가 빵빵하게 부풀어 올랐다. 양껏 먹은 아기 돼지들은 루자 발치에 누워 쌔근쌔근 잠들었다.

"한나, 오늘 네 돼지를 가져가거라."

세상에나!

"마렉 말은 신경 쓰지 말고 맘에 드는 놈으로 고르거라."

튼실한 아기 돼지가 탐났지만, 나는 덩치는 작지만 분홍 코에 윤기가 흐르는 아기 돼지를 선택했다.

"하기야, 너도 제대로 걷지 못할 만큼 빼빼하더니, 지금은 우리 마렉을 이길 만큼 씩씩해졌지."

아줌마가 루르카를 안고 돼지우리 밖으로 나왔다. 아줌마는 장화에 묻은 똥을 탁탁 털어 내고는 나의 루르카를 씻겨 주며 놀라운 소식을 일러 주었다. 와우! 루르카는 행운을 가져온 아기돼지였다.

나는 루르카를 안고서 마마와 파파가 있는 과수원으로 달렸다. 두 분은 사과 열매를 솎아 내고 있었다. 루르카를 본 마마와 파파가 암소 로디의 신선한 우유를 먹여야겠다고 말해 줘서 고마웠다. 점심을 먹기 위해 집으로 돌아오는 동안 마마는 먹이를 챙기는 일부터 돼지우리 청소까지 내가 책임져야 한다고 당부했다. 호기심 많은 돼지를 위해 산책을 시키고 땅을 파게 해 주어야 하고, 진흙 목욕탕을 만들어 하루에 열 번 정도 반드시 진흙 목욕을 시켜 줘야 한다는 다짐도 잊지 않았다. 돼지는 땀샘이 없어 스스로 체온 조절을 못하기 때문이었다. 나는 이 모든 일을 완벽하게 처리할 것을 맹세했다.

마마는 점심 준비를 위해 집 안으로 들어가고, 파파와 나는 돼지우리로 갔다. 루르카를 우리에 내려놓자 녀석은 루자와 다른 형제들을 찾는지 주위를 두리번거리며 꿀꿀거렸다. 애처로웠다.

"파파, 루르카 혼자 살기에는 우리가 너무 넓은 것 같죠?"

"돼지는 금방 자란단다."

"며칠만 제가 데리고 자면 안 될까요?"

건초를 바닥에 깔던 파파가 마마에게 허락을 받아야 한다고 했다. 나는 마마에게로 달려갔다.

마마는 감자를 깎고 있었다. 마마 옆에 서서 감자를 깎으며 눈치를 살폈다.

"마마, 이자벨라 아줌마가 그러던데, 아기 돼지 달리기 대회가 새로 생겼대요. 루르카를 대회에 출전시키려고요. 1등 하면 상금이 무려 50즈워티*나 된대요."

나는 오른쪽 손가락을 쫙 폈다. 50즈워티라면 현수 오빠와 바르샤바 시내로 나가 쇼팽의 심장이 있다는 성 십자가 성당에 갈 수 있고, 문화과학 궁전 꼭대기에 서서 바르샤바 시내를 한눈에

* 즈워티: 폴란드 화폐 단위로, 현재 1즈워티는 우리나라 돈으로 약 350원이다.

볼 수 있다. 뱀처럼 구불구불 흘러가는 비스와강에서 유람선을 타도 될 만큼 넉넉한 돈이었다.

"꽤 큰돈이구나."

"우승 상금을 받으면 제가 조금 갖고 나머지는 마마에게 다 드릴게요."

"고맙구나."

감자 껍질을 매끈하게 깎는 마마 입꼬리가 올라갔다. 마마가 슬슬 관심을 보였다.

"루르카가 새끼를 낳으면, 새끼 판 돈도 마마에게 드릴게요."

"그것도 고맙구나. 한나, 50즈워티로 할 일은 나중에 생각하고 감자부터 깎아 주겠니?"

"그럼요. 그래서 말인데요, 며칠만 제 방에서 루르카를 데리고 자면 안 될까요?"

"루르카는 돼지의 방식으로 살아갈 방법을 터득할 거다."

"알죠. 하지만 배고픈 늑대가 먹이를 찾으러 왔다가 돼지우리를 습격할지도 모르잖아요."

"그런 일이 있었다고는 단 한 번도 듣지 못했다."

"루자와 헤어진 첫날이잖아요."

"…오늘 하루만이다."

마마가 프라이팬을 화덕에 올려놓으며 승낙했다.

나는 재바른 손놀림으로 감자를 깎았다. 마마가 플라츠키*에

없을 송이버섯을 납작납작하게 썰었다. 아침에 따 온 송이버섯이었다. 나는 마지막 감자 껍질을 다 벗기고 감자를 물로 헹구었다.

"한나? 한나?"

마렉의 성마른 소리가 집을 흔들었다. 현관문을 열자, 마렉이 비실비실한 아기 돼지를 안고 서 있었다.

"내 돼지 내놔."

마렉이 뭘 잘못 먹었는지 헛소리를 지껄였다.

"안 내놓으면 알지?"

마렉은 몰래 훔쳐 간 답안지도 모자라 이제 루르카까지 뺏으려 들었다. 콜로라도 감자 잎벌레 같은 놈. 당장이라도 병 속에 넣고 마개를 콱 막아 버리고 싶었다.

---

* 플라츠키: 우리나라의 감자전과 비슷한 폴란드 음식.

숲속의 왕 바벨

자고 일어났는데도 화가 풀리지 않았다. 밤늦도록 마렉과의 관계를 끊어 버릴 방법을 찾아내느라 뇌 운동을 지나치게 했더니 배가 홀쭉해졌다. 짜증이 치밀어 올랐다.

"한나, 일어났으면 내려오너라. 식사해야지. 어서 내려오너라."

마마기 재촉했다. 50즈위티기 날이기면서 활활 티 올랐던 의욕도 한 줌 재가 되었다. 계단 내려가는 소리가 요란했는지 접시를 닦던 마마 미간에 살짝 주름이 잡혔다.

"잘 잤니?"

대답 대신 고개를 저었다. 식탁 위에는 사과 잼과 갓 구워 낸 빵이 놓여 있었다. 사과 잼을 빵에다 듬뿍 발라 우적우적 씹어 먹었다. 마마가 호밀 가루를 발효해서 만든 수프인 주레크를 내 앞에 내놓았다.

"오늘 저녁엔 주레크 만드는 법을 배워 볼래?"

"네."

"루르카가 배고픈지 신경질을 부리다 못해 난동을 부리더구나."

"돌려주려고요."

단 게 들어가니 생각이 선명해졌다.

"루르카가 물건은 아니잖니. 생명을 너무 쉽게 다루는구나."

"그건 마렉 얘기고요."

"마렉이 먼저 선택했다잖니. 그 사실을 이자벨라 아줌마는 몰랐을 테고."

"마렉이 말한 튼실한 놈은 손도 안 댔다고요."

슬금슬금 다가온 쇼팽이 쓰다듬어 달라며 내 다리에 몸을 비볐다. 나보다 고작 서너 살 더 먹었지만 스테판 할아버지만큼 늙은 쇼팽은 요즘 들어 부쩍 쓰다듬어 달라고 보챘다. 마마와 파파는 쓰다듬어 줄 수 있을 때 많이 쓰다듬어 줘야 덜 후회할 거라 말해 주었다. 나는 쇼팽의 머리를 쓰다듬었다.

"아팠던 너도 튼튼해졌잖니. 루르카도 그럴 거다."

난 대답하지 않았다. '루르카'라는 이름은 마렉이 빼앗아 간 아기 돼지에게만 어울리는 이름이니까.

"이자벨라에게는 말하지 않는 게 좋겠지. 폐렴에 걸려 제대로 걷지 못하고, 숨 쉬는 것조차 힘들어했던 네가 잎벌레를 잘 잡을 줄 누가 알았겠니. 가끔 가고 싶지 않았던 길에서 뜻밖의 행운을 만난단다. 루르카가 행운을 가져다줄 거다. 너처럼 말이야."

마마는 감자가 듬뿍 든 죽에다 우유를 부어 휘저은 양동이를 내밀었다. 마마 말은 언제나 옳았지만 속상했다.

"파파와 난 시장에 갈 텐데, 넌 루르카의 배고픔을 달래 줘야겠지. 대신 돌아올 때 마그다를 데려오마."

마그다는 파파 여동생의 딸이다. 바르샤바 시내에 살고 있는데 방학 때마다 나를 보러 왔었다. 작년 여름에 보고 못 봐 키가 얼마나 컸는지 궁금했다. 설마 나보다 더 크진 않겠지.

양동이를 들고 마당으로 나오자 아기 돼지가 꽤액꽤액, 어서 밥을 내놓으라며 다그쳤다. 나처럼 배고픈 건 못 참는 성미 같았다. 감자 죽 냄새를 맡은 루르카가 코로 문을 들이박았다. 죽을 부어 주자 루르카는 숨도 안 쉬고 먹었다. 배가 터질 듯 빵빵한데도 죽통을 싹싹 핥이 대며 더 달리고 보챘다. 미치를 대령헤 놓은 파파가 싱싱한 날계란을 가져와 깨트려 주며, "루자와 헤어진 헛헛함을 먹을 거로 채우려나 보다." 하고 혼잣말을 했다.

외출 채비를 끝낸 마마가 밖으로 나왔다. 마마 손에는 스테판 할아버지에게 드릴 빵 바구니가 들려 있었다. 이내 마차는 출발했고, 나는 할아버지네로 가기 전에 돼지우리로 갔다. 루르카는 계속 꿀꿀거리며 입을 놀렸다. 여전히 헛헛한 모양이었다. 그렇다고 빵을 던져 줄 수 없어 그대로 할아버지네로 향했다. 쇼팽이 서

너 걸음 따라오다 소나무 둥치에 엎드렸다. 오솔길을 걸어 벌통이 놓여 있는 곳을 지나는데 얀 아저씨와 요안나 아줌마가 꿀을 따고 있었다.

"한나, 무슨 일로 시무룩하냐?"

아저씨의 물음에 나는 마렉 욕을 퍼부었다.

"마렉이 널 좋아해서 그런다. 너무 벌처럼 쏘아 대지 말거라."

"아저씨!"

농담인 줄 알지만 진심으로 화가 났다.

"화가 치밀어 오를 땐 꿀이 최고다."

아줌마가 꿀 한 숟가락을 내 입에 넣어 주었다. 현수 오빠의 부드러운 입술만큼이나 달콤했다.

"한나, 한나?"

내 기분을 잡치는 소리에 가라앉으려던 짜증이 확 올라왔다.

"마렉? 무슨 일이냐? 한나는 여기 있다."

나 대신 얀 아저씨가 목청을 돋웠다. 아저씨와 아줌마 앞에서 싸울 수 없어 마렉에게로 달려갔다.

"한나, 돼지가 도망쳤어."

지렁이 하품하는 소리에 코웃음이 나왔다.

"돼지우리 문이 활짝 열려 있고 텅텅 비었다니까."

나는 마렉을 멀뚱멀뚱 쳐다봤다.

"네 돼지가 도망쳤다고!"

"너지? 네가 일부러 문 열어 놨지?"

마렉이 시퍼렇게 눈을 홉떴다. 마마 말이 또 맞았다. 화가 치밀어 오를 때는 심호흡을 세 번 하라고 했다. 화나는 대로 즉각 반응하면 나중에 후회한다고. 돼지우리 문 잠그는 걸 깜박한 모양이었다.

"루자에게 갔나…."

"그건 아니야. 내가 우리 집에서 왔으니까."

"그사이 갔을 수도 있잖아."

이미 발길은 마렉네로 향했다.

"…우리 돼지 다 팔았어."

진짜 이러면 안 되는데, 입꼬리가 스르륵 올라갔다. 나는 좀 못된 애가 틀림없다. 마렉 말이 사실인지 당장 확인하고 싶었다. 달렸다. 마렉이 내 앞을 막아서기라도 하려는 듯 뒤따라왔다.

돼지우리에는 루자 혼자 덩그러니 남아 있었다. 나무문에다 코를 들이대며 꿀꿀거리는 루자가 외로워 보였다. 허전해 보였다. 아기 돼지를 찾아 달라고 부탁하는 것 같았다. 마음 한구석이 짠했다.

집으로 잰걸음을 치는데, 쇼팽이 컹컹 짖는 소리가 들려왔다. 쇼팽이 보기 드물게 흥분한 걸 보니 사달이 나도 단단히 난 것 같았다. 한달음에 집에 도착하자 쇼팽이 집 안으로 나를 이끌었다. 으아악! 세상에나. 나는 그대로 동상처럼 굳어 버렸다. 거실과 주방이 폭탄을 맞은 듯 난장판으로 변해 있었다.

"도둑 들었나?"

뒤따라 들어온 마렉이 불난 집에 부채질을 해 댔다.

"루르카!"

범인은 루르카였다. 애처롭기 그지없던 녀석이 잠깐 사이에 폭군으로 변해 집 안을 뒤집어 놓았다. 곤히 잠든 루르카의 배가 터질 듯 부풀어 있었다. 헛헛함을 채우기 위해 대형 사고를 쳐 버렸다.

"무단 침입자로군."

마렉이 낄낄거렸다. 내가 째려보자 마렉은 슬그머니 꽁무니를 뺐다. 잠든 루르카를 제집에다 넣은 후 엉망진창이 된 집 안을 정리했다. 모두 마렉 때문인 것 같아 열이 뻗쳤다. 빵 바구니까지 스테판 할아버지네 주방에다 가져다 놓고 나자 손끝 하나 움직일 기운이 남아 있지 않았다. 하루 동안 쓸 힘을 몽땅 써 버렸다.

"언니!"

터덜터덜 집으로 돌아오는데 마그다가 달려와 안겼다. 안 본 사이 나보다 한 뼘이나 더 자랐다. 마그다는 숲속 나무들처럼 자고 나면 쑥쑥 자라나 보다. 정작 숲에 사는 나는 발버둥 쳐도 안 자라는데 말이다.

"자, 선물."

마그다가 들고 있던 선물 꾸러미를 내밀며 풀어 보라고 채근했다. 끈을 풀고 포장지를 뜯자 파란 리본이 나왔다. 마그다가 파란 리본을 내 머리에 꽂아 주며 손거울로 나를 비춰 보여 주었다. 숲 속의 왕 바벨의 뿔에 앉아 있던 파란 나비가 내 머리에 살포시 내려앉은 듯 우아했다. 나는 마그다를 돼지우리로 데려갔다. 루르카가 분홍 코로 문을 들이받으며 꿀꿀거렸다. 배는 빵빵한데 여전히 헛헛한 모양이었다.

"마그다? 오랜만이다."

울타리 위에다 팔꿈치를 올려놓은 마렉이 어찌나 점잖게 구는지 어이가 없었다. 이자벨라 아줌마가 옆에 있어 그 꼴을 지켜볼 수밖에 없었다.

"아줌마, 루르카를 루자 옆에 둬도 될까요? 둘이 같이 있으면 덜 외로울 것 같아서요."

"그러려무나."

아줌마 맘이 변하기 전에 루르카를 안고 마렉네로 갔다. 루르카를 본 루자가 꽥꽥거리며 날뛰었다. 처음으로 돼지도 감정이 있다는 걸 알게 되었다. 루르카가 루자 품으로 파고들자, 루자가 붉은 혀로 루르카의 몸 구석구석을 핥았다. 루르카는 이내 잠들었다. 이제야 헛헛함이 채워진 모양이었다. 마마가 저녁을 먹자고 부르지 않았다면 나는 오랫동안 둘을 지켜보았을 것이다.

늦은 저녁을 먹은 후 마그다와 함께 내 방으로 올라왔다. 밤이 깊어지자 별이 비처럼 쏟아졌다. 현수 오빠와 밤하늘을 올려다보면 훨씬 근사하고 낭만적일 텐데. 이런 날은 커피를 한 잔 곁들여야 한다. 파티를 열 때는 마법이 필요하니까.

　마마 몰래 마신 곡식 커피는 무척 썼다. 마마는 보리에 싹이 난 맥아를 노릇노릇하게 볶은 후 곱게 찧어 곡식 커피를 만들었다. 처음에는 쓴 곡식 커피를 우아하게 마시는 어른들이 이상했다. 지금은 나도 달콤 쌉싸름한 맛을 알게 되었다. 각설탕 두 개가 곁들여지면 혀를 끌어당기는 마법의 맛으로 변신한다. 밤하늘의 별을 올려보는 일과 커피 마시기는 서로를 더 빛나게 해 준다. 커피는 커피 향부터 마셔야 한다. 커피 향은 별빛과의 거리를 가깝게 만들어 준다. 그리고 커피 한 모금을 마시면 별들이 소곤소곤 말을 건넸다. 커피 두 모금을 마시면 노래가 저절로 흘러나온다. 이번 여름방학에는 주레크와 곡식 커피 만드는 법을 꼭 배워야지.

　마마와 파파가 침실로 들어간 걸 확인하고 나는 살금살금 계단을 내려갔다. 소파 아래 누워 있던 쇼팽이 인기척에 눈을 번쩍 떴다. 입술에다 검지를 갖다 대자 쇼팽은 스르륵 눈을 감았다. 커피 두 잔을 챙겨 들고 2층으로 올라왔다. 달콤한 커피 향이 몸과 마음을 간질였다. 아지랑이가 피어오르듯 마음 구석구석에 간지럼이 일었다. 커피 한 모금을 삼켰다.

　'아! 오빠 보고 싶다.'

　마그다도 커피 한 모금을 홀짝 마셨다.

"우웩, 써."

"넌 아직 어려서 커피 맛을 모르는구나. 별이 빛나는 오늘 같은 밤에 먹기 딱 좋은 맛이야."

나는 마마처럼 새끼손가락을 쭉 펴고 우아하게 커피를 마셨다.

"언니, 현수 오빠는 언제 소개해 줄 거야?"

"곧."

"마렉 오빠보다 잘생겼어?"

"뭐? 마그다, 취소해 줄래? 비교할 대상이 없어서 마렉과 오빠를 비교하니."

마그다가 입을 비죽이더니 커피 한 모금을 마시고는 오만상을 찌푸렸다. 그래, 사랑을 안 해 본 네가 커피 맛을 어찌 알겠니.

"어! 돌멩이네. 언니는 천둥 치면 지금도 무서워?"

"얘는. 마마와 파파의 숨결이 담긴 거라 간직하는 거야."

나는 돌멩이를 서랍에 넣으며 말머리를 돌렸다.

"마그다, 바벨 본 적 있어? 저 숲에 바벨이 산대."

어둠에 휩싸인 숲 위로 별들이 쏟아졌다. 숲의 왕 바벨이 어둠을 몽땅 빨아들여 숲이 저렇게 캄캄한 거라는 내 말에 마그다가 몸을 떨었다.

3년 전, 여름 방학이 끝나 갈 무렵이었다. 이른 아침에 파파와 나는 버섯을 따러 숲으로 갔다. 그때만 해도 쇼팽은 오솔길의

둔덕을 한달음에 뛰어오를 만큼 건강했다. 둔덕을 오르면 넓고 깊은 웅덩이 같은 임시 벙커가 있다. 2차 세계 대전 때 폴란드군과 독일군 간의 전투가 치열했던 벙커는 꽤 깊어서 한번 빠지면 도움 없이는 올라올 수 없다. 파파는 가끔 벙커에 빠진 토끼나 여우를 구해 주곤 했다.

그날따라 벙커에 먼저 도착한 쇼팽이 앙칼지게 짖었다. 파파는 토끼가 빠진 모양이라며 부리나케 내달렸다. 우와! 우리의 예상과 달리 아기 순록이 죽은 듯 쓰러져 있었다. 다행히 아기 순록의 작은 배가 파르르 떨렸다. 파파가 사다리를 가지러 간 사이 나는 아기 순록을 살폈다. 벙커 가장자리에 쌓여 있던 돌멩이가 아기 순록 주위에 흩어져 있었다. 돌멩이가 아기 순록을 지켜 주는 것 같았다.

파파는 여기서 격전을 치르다 죽은 군인들에게 신의 자비가 머물기를 빌며 돌멩이를 벙커 가장자리에다 놓았다. 파파와 마마에게 돌멩이는 한 사람의 영혼이었다. 나는 돌멩이 위에다 돌멩이를 얹어 놓기도 했다. 전쟁이 아니었다면 그들은 우리와 음식을 나눠 먹고 수다를 떨며 사랑을 나누었을 거라며, 우리는 죽은 사람들이 놓쳐 버린 사랑을 기억해야 한다고 했다. 그들이 살아 있었다면 세상은 더 큰 사랑으로 출렁였을 거라고.

파파가 사다리를 벙커 밑으로 내릴 때였다. 쇼팽이 둔덕 끝 오솔길을 향해 짖었다. 어마어마하게 큰 순록이 오래된 나무처럼 우뚝 서서 우리를 바라보았다.

"바벨!"

나는 그 순록이 숲의 왕 바벨이란 걸 한눈에 알아봤다. 몸통만큼 거대한 뿔을 머리에 이고 있는 바벨은 우리 집 트랙터보다 훨씬 컸다. 뿔의 무게 때문에 바벨이 땅속으로 꺼지지 않을까 내심 걱정되었다.

바벨이 언제부터 숲에 살았는지는 스테판 할아버지도 모른다고 했다. 할아버지의 할아버지가 태어나기 전부터 바벨은 숲에 있었고, 숲을 지켰다고 했다. 뿔의 무게를 견뎌 낸 순록만이 숲의 왕, 바벨이 된다는 말도 덧붙였다. 바벨의 통치는 군림이 아니라 생명을 품는 넉넉함이라고 했다.

무사히 구조된 아기 순록은 바벨과 함께 깊은 숲으로 들어갔다. 깊은 숲은 사람이 갈 수 없는 바벨과 동물들의 영역 같았다. 바벨이 좀처럼 경계를 넘지 않는데, 아기 순록 덕분에 바벨을 봤으니 행운이 찾아올 거라고 파파가 말해 주었다.

그날 이후 나는 가끔 바벨의 영역으로 들어가는 꿈을 꾸었다. 바벨의 세계는 모든 게 평화로웠다. 하늘로 치솟은 바벨의 뿔에는 빨강, 파랑, 노랑, 초록 나비들이 잔뜩 내려앉아 있었다. 내가 다가가도 바벨은 꿈쩍하지 않았다. 손끝으로 파란 나비 한 마리를 톡 건드리자 나비는 커다란 날개를 화르르륵 펼치며 날아올랐다. 다른 나비들도 덩달아 날갯짓을 했고, 숲속은 온통 나비들

춤으로 가득 찼다. 나도 빙그르르 춤을 추었다. 기분 좋은 꿈은 나를 행복하게 만들었다.

"잘 자, 마그다."

나는 어느새 잠든 마그다의 볼에 입을 맞췄다. 오빠의 입술이 닿았던 내 입술을 손끝으로 매만졌다.

일기장을 펼쳤다. 내 사랑은 바벨이 가져다준 행운일 거야. 오빠에게 바벨의 숲을 보여 주고 싶고, 마마와 파파에게 오빠를 정식으로 소개할 날이 빨리 왔으면 좋겠다고 썼다. 여름방학 동안 내가 얼마나 근사한 분들과 근사한 집에서 사는지 오빠에게 보여 주고 싶다고 쓰고 나니, 나 자신이 근사한 사람이 된 것 같았다. 나의 하루와 내 마음속 생각들이 글이 되어 기록으로 남는 건 근사한 일이었다. 하루하루는 그냥 흘러가지만 글이 된 하루는 영원토록 남기 때문이다. 일기 쓰기는 어릴 때부터 마마가 유일하게 강요한 일이었지만, 한 줄부터 시작한 일기 쓰기는 습관이 되었다. 오늘 밤 내 꿈속으로 오빠가 찾아오면 좋겠다. 오빠와 나는 바벨의 숲에서 바벨과 함께 있을 테니까.

퍼즐 한 조각

이른 아침부터 마마와 파파가 트랙터를 몰고 과수원 근처 밭으로 갔다. 오후에 폭풍우가 몰아칠 거라며 서둘렀다. 나는 마렉네로 가 루르카의 먹이를 챙겼고 닭들에게 바싹 마른 옥수수를 뿌려 주었다. 온기가 남은 계란을 가져왔고, 암소 로디를 마당에다 풀어놓아 풀을 뜯게 했다. 이 모든 일을 마그다와 함께 하니 한결 편했다. 손발이 척척 맞았다. 나는 남은 일정을 마그다에게 자세히 읊어 주었다. 숲으로 가서 버섯을 따고, 집으로 돌아와 버섯이 잘 마르도록 정리한 후에 감자밭으로 가 잎벌레를 잡고, 점심을 먹은 후에는 루르카를 위한 진흙 목욕탕을 만들 거라고 말이다. 돼지도 목욕을 하는지, 진흙 목욕탕은 어떻게 만드는지 마그다의 호기심이 대단했다.

우리가 바구니를 챙겨 들자, 문 앞에 엎드려 있던 쇼팽이 천천히 몸을 일으키려다 주저앉았다. 루르카의 거실 난입 이후 쇼팽의 기력은 극도로 쇠잔해졌다. 폭풍우가 몰려올 기미는 전혀 없는데도 둘만 가는 게 영 못 미더운지 쇼팽의 눈동자가 불안했다. 임시 벙커 근처는 절대 가지 않겠다며 쇼팽을 안심시켰다.

앞서 달려간 마그다가 벌통 옆에서 빌베리*를 따고 있는 요안나 아줌마에게 인사를 했다.

"둘이서 리본을 매달고 있으니 쌍둥이 같구나."

"아저씨는요?"

"감자밭에 있겠지. 한나, 네 돼지가 집 안에서 발견되었다면서?"

나비의 날갯짓만큼이나 가벼운 마렉의 입이 집집마다 다니며 떠벌린 모양이었다. 딱히 대답할 말을 찾지 못한 내 입에다 아줌마가 잘 익은 빌베리를 넣어 주었다. 달콤했다. 마그다도 오물거리며 빌베리를 맛나게 먹었다. 아줌마 손이 신맛이 강한 빨간 커런트로 옮겨 가자 우리 둘은 얼른 숲으로 도망을 쳤다.

"너희 둘이서 깊이 들어가면 안 된다. 멧돼지가 나타날 수 있어."

"걱정 마셔요. 늘 다니는 길로만 갈게요."

걱정 많은 요안나 아줌마까지 안심시켰다. 마그다는 이끼가 깔린 폭신폭신한 숲길이 마음에 드는지 깡충깡충 토끼처럼 뛰었다.

---

* 빌베리: 폴란드 숲에서 자라는 베리. 유럽의 오래된 과일로 블루베리보다 크고 달다.

"마그다, 여기저기 다 오소리 굴이니까 조심해."

오소리 가족이 위험할 때 도망가려고 파 놓은 굴이었다. 굴이 땅 밑으로 연결되어 있는 걸 파파가 발견했다. 오소리가 똑똑하다며 마그다가 신기해했다.

"마그다, 이 버섯 좀 봐. 얼마나 맛있으면 달팽이가 갉아 먹겠니."

나는 마그다에게 달팽이가 갉아 먹은 송이버섯을 보여 주며 먹는 버섯과 독버섯을 설명해 주었다.

"언니, 이건?"

"독버섯이야."

"이건?"

"마그다, 그건 못 먹어."

"이건?"

"그것두."

입술을 샐쭉거리는 마그다의 눈꼬리가 매초롬했다. 마그다는 매년 알려 줘도 매번 물었다.

"마그다, 거기서 뭐 해?"

어디서 나타났는지 주머니에 두 손을 찔러 넣은 마렉이 거들먹거리며 다가왔다. 영화를 너무 많이 봤다니까!

"오빠, 이거 먹는 버섯이야?"

"그건 독버섯이야. 색깔만 보면 먹는 버섯 같지만, 먹으면 복통을 일으켜."

"이건?"

"이건 먹을 수 있어. 잘했다."

차마 눈 뜨고 못 봐 주겠다. 어금니를 깨물었다.

으아악, 마그다가 찢어질 듯 비명을 내질렀다.

"소, 송충이…."

굵다란 송충이가 마그다 팔 위를 꾸물꾸물 기어가고 있었다.
마렉이 검지로 송충이를 탁 튕겼다. 놀란 마그다는 마렉 팔을 꼭
붙잡은 채 덜덜덜덜 떨었다.

"마그다, 송충이야. 오빠가 털어 냈으니까 괜찮아."

"오빠, 우리랑 같이 가자."

마그다가 마렉 팔을 놓아 주지 않았다.

"마그다, 송충이가 그렇게 무서워?"

"응. 세상에서 가장 무서운 게 송충이야."

"알겠어. 내가 함께 있을 테니 걱정 마."

개선장군처럼 어깨를 한껏 젖힌 마렉이 어찌나 젠체하는지 눈
꼴사나웠다.

"마그다, 이건 호박버섯이야."

"노란데도 먹을 수 있어? 독버섯 같은걸."

"당연히 먹을 수 있지. 마그다, 다람쥐다."

내 인내는 한계점에 도달하고 말았다.

"나 먼저 갈게. 갑자기 배가 아파서."

수준 맞는 둘이서 실컷 놀아라.

"한나, 루르카는 잘 지내고 있어."

마렉이 내 꼭뒤에다 소리쳤지만 못 들은 척해 버렸다. 마음이 께끄름했다.

집에 도착하자 정말 배가 아팠다. 볼일을 보고 나왔더니 마렉네 울타리에서 마그다가 나를 불렀다.

"언니, 진흙 목욕탕 만들고 있어. 빨리 와 봐."

마렉네로 가 보니 마렉이 땀을 뻘뻘 흘리며 삽으로 흙을 잘게 부수고 있었다. 마렉은 삽질을 하면서도 생글생글 웃으며 순한 양처럼 굴었다. 이자벨라 아줌마가 이 광경을 봤다면 배신감을 느꼈을 것이다.

나는 루르카에게 갔다. 루르카는 루자 발밑에서 잠들어 있었다. 마렉이 펌프질을 혼자만 할 수 있는 양 거드름 피우는 소리가 쩌렁쩌렁했다. 마그다가 오빠는 힘이 세서 펌프질을 잘한다며 장단을 맞추었다. 눈꼴 시려 못 봐 주겠네. 관자놀이가 지끈거렸다.

"한나, 루자랑 루르카 데려와."

마렉이 새퉁스럽게 웃으며 다가왔다. 돼지우리 문을 열고 루자와 루르카를 진흙 목욕탕으로 몰았다. 둘은 흙탕물에서 마음껏 뒹굴었다. 그사이 마렉과 마그다는 마당에 놓여 있는 탁자 앞에 앉아 퍼즐 조각을 맞추었다.

"한나, 새로 만든 건데 너도 하고 싶으면 해. 끼워 줄게."

"됐어."

"그러시든지."

말본새하고는. 나는 구경하는 척 다가가 퍼즐 한 조각을 움켜 쥐고 우리 집으로 종종걸음을 쳤다. 내 답안지를 훔쳐 간 대가다.

그늘진 소나무 울타리 밑에 엎드려 있던 쇼팽이 나를 지그시 바라보았다. 쇼팽의 옅은 초록 눈동자는 깊이를 알 수 없는 호수 같다. 바벨 눈처럼 그윽하다. 가만히 들여다보고 있으면 할 말이 많아 보이는 눈동자. 그때마다 나는 쇼팽이 개가 아니라 천사 같다는 생각이 들었다. 마마에게 말했더니 오래 산 것은 동물이 든 식물이든 하물며 집이나 다리조차도 그것에 깃든 기운이 있어 신령스러워진다고 했다. 그래서 600년을 산 소나무나 500년을 산 자작나무를 함부로 베지 않는다면서 말이다. 바벨도 영험함이 있어 사람의 마음을 훤히 꿰뚫어 본다고 했다. 바벨이 파파와 내가 자신의 아기 순록을 구해 줄 사람이란 걸 알고 밤새도록 기다렸을 거라는 말을 들을 때는 오소소 소름이 돋았다. 나무와 꽃, 구름조차도 사람처럼 살아 있는 느낌이 들었다. 온갖 생명이 꿈틀 대는 숲에는 수많은 생명과 죽은 영혼까지 어우러져 살았다.

"쇼팽에게 정 떼기가 쉽지 않겠어요." 언젠가 마마가 파파에게 하는 말을 들었다. 그게 무슨 뜻인지 몰라 물었더니, 이별의 시간 이 가까워졌다는 뜻이라고 했다. 쇼팽은 이미 충분히 살았다면서, 이제 곧 하늘나라로 떠날 거라 긴 이별을 준비해야 한다는 거였다. 쇼팽의 죽음을 생각해 본 적이 없어 마마의 말을 들었을 때 마음이 좋지 않았다.

"개가 개로 눈을 감는다는 건 큰 축복이란다. 쇼팽은 삶을 충분히 살았으니 행복한 개지. 만남이 있으면 헤어짐이 있고, 헤어짐이 있어야 또 만나겠지."

마마가 슬퍼하는 나를 위로해 주었다. 나는 쇼팽과 아주 오랫동안 살고 싶다.

쇼팽의 등을 쓸어내리자 쇼팽이 긴 혀로 내 손등을 천천히 핥았다.

"순례야?"

배낭을 둘러멘 현수 오빠가 대문 위로 얼굴을 내밀었다. 오빠 생각을 너무 많이 했더니 환청이 들리고 허깨비까지 보였다.

"순례야, 나야."

"진짜 오빠야?"

"숲으로 갈까?"

오빠가 주위를 두리번거려 긴장되었다. 어느새 폭풍우가 오려는지 하늘이 내려앉았다. 혹시라도 마렉과 마그다를 만날까 봐 울타리처럼 서 있는 소나무 뒤쪽을 돌아 임시 벙커로 가는 지름길로 갔다. 발길이 많이 닿지 않은 터라 잡목이 우거졌고 웃자란 풀이 무성했다. 오빠가 풀을 짓이기며 길을 터 주었다. 숲속으로 들어오자 오빠의 걸음이 한결 느슨해졌다.

"숲이 아늑하구나."

"독사 같은 최 선생님이 허락해 준 거야?"

위탁 가정에 있는 동안에는 최 선생님 허락 없이 양육원을 드
나들 수 없었다. 양육원에 남은 사람들에 대한 배려 차원이기도
했다. 물론 양육원에 있는 사람도 허락 없이 위탁 가정을 드나들
수 없었다.

"이번에 우리 반 1등 했다고 특별 선물을 주셨어. 특혜라 다른
사람은 아무도 몰라."

"우릴 못 잡아먹어 안달 난 최 선생님이 오빠에게는 정말 너그
럽다니까."

"좀 그렇지."

오빠가 그루터기에 걸터앉으며 피식 웃었다.

"오빠, 마마와 파파에게 인사할래? 내 방도 보여 줄게."

"나중에. 오늘은 네 얼굴만 보고 돌아가야 해."

"뭐야, 이제 겨우 만났는데 돌아간다는 말부터 하기야?"

"네가 보고 싶어 견딜 수 있어야지."

오빠가 나를 안았다. 바로 그 순간, 내 눈과 입은 쩍 벌어졌다.
재작년에 구해 준 순록이었다. 덩치가 커졌고 뿔이 제법 자랐지만
금방 알아볼 수 있었다. 모습이 변해도 서로를 기억하는 방법이
있다. 마마에게서는 달콤한 퐁첵 냄새가 나고, 파파에게서는 잘

구운 소시지 냄새가 나고, 오빠에게서는 고소한 커피 냄새가 나는 것처럼, 순록의 배 가운데에는 하얀 나비 모양 무늬가 있었다.

"오빠, 순록이야."

오빠가 뒤돌아섰다.

순록은 사람이 들어갈 수 없는 숲의 경계에 서서 나와 오빠를 바라보았다. 순록 뒤로 비를 품은 잿빛 구름이 잔뜩 몰려와 있었다. 순록은 물끄러미 우리 둘을 바라보더니 자기의 세계로 넘어갔다. 오빠가 온 걸 알고 왔을까?

"오빠, 순록을 보면 행운이 온대."

"너에게 행운이 깃들길 빌게. 어! 까만 점이 있었네."

오빠가 검지로 내 왼쪽 가장자리 눈 밑을 지그시 눌렀다.

"신기하다. 눈이 정말 크구나. 눈 큰 사람은 눈물이 많다더라."

"내가 잘 울긴 하지."

"네 눈은 가여운 걸 많이 보는 눈이라서 그래. 넘어진 애 일으켜 안아 주고, 금옥이가 아플 때 밤새 간호해 주잖아."

오빠에게 칭찬을 들어서인지, 눈을 마주하고 있어서인지 얼굴이 화끈거렸다.

"예쁘다."

오빠가 조용히 입을 맞췄다. 언제나 이 순간이 영원으로 이어지기를 바라지만 우리의 입맞춤은 너무너무 짧았다. 우르르 쾅쾅, 하늘이 요란했다. 쾨르릉, 쾅쾅. 천지를 가르는 소리에 심장이 오그라들었다. 스테판 할아버지 말씀대로 전쟁 중 대포 소리에 놀란 내 몸은 천둥소리에 민감하게 굴었다. 오빠가 내 손을 잡아 줘서 날뛰던 심장이 진정되었지만 호흡이 가빴다. 두 손으로 가슴을 눌렀다. 돌멩이를 가져올걸.

"비가 쏟아지겠다. 순례야, 잘 지내."

"벌써 가려고?"

폭우가 쏟아지기 전에 돌아가야 했지만, 보자마자 헤어지다니 너무 아쉬웠다. 우리는 손을 잡고 양육원으로 가는 오솔길을 걸었다.

"한나, 한나, 어디 가는 거야!"

마렉이 두 팔을 휘두르며 달려왔다. 헐떡이며 달려온 마렉이 다짜고짜 내 손을 확 잡아끌었다.

"마렉, 뭐 하는 거야. 알지도 못하면서."

마렉의 손을 뿌리쳤다.

"네가 마렉이구나. 순례에게 네 얘기 많이 들었어. 난 김현수야."

오빠가 마렉에게 악수를 청하자, 슬금슬금 내 눈치를 살피던 마렉이 오빠 손을 잡았다. 후드득후드득 빗방울이 떨어졌다. 마마와 파파가 아닌 마렉에게 오빠를 먼저 소개할 줄이야. 마렉은 내가 납치되는 줄 알았다며 뒤통수를 벅벅 긁었다.

"마렉, 부탁 하나 해도 될까?"

"뭐든지요."

부탁할 사람에게 부탁해야지. 나는 오빠를 향해 곱게 눈을 흘겼다.

"오늘 날 본 건 우리 셋만 알았으면 하는데."

마렉과 눈이 마주쳤다. 다음 학기에도 마렉에게 답안지를 보여줘야 할 것 같은 불길한 예감이 들었다. 마렉은 정말 내 인생에 눈곱만치도 도움이 안 된다.

"양육원 규칙상 내가 여길 오면 안 되거든."

"비밀로 할 테니, 뭐 하나 물어봐도 돼요?"

"뭐든지."

마렉이 오빠를 한쪽으로 끌었다. 둘은 짧은 얘기를 나누고는 나에게로 돌아왔다.

"마렉, 순례랑 잘 지내. 이제 너희도 돌아가."

오빠가 내 등을 떠밀며 숲의 끝인 큰길로 한 발을 옮겼다. 빗방울이 점점 늘어났다. 지평선이 시커멨다. 툭 툭툭 두두둑, 빗방울이 눈물처럼 떨어졌다. 오빠가 사라진 길 위로 먹구름이 몰려갔다. 내 가슴 가득 슬픔이 휘몰아쳤다.

전원 송환

우지끈, 나뭇가지 부러지는 소리가 요란했다. 문을 당장 열라는 성난 바람과 실랑이를 벌이는 창문이 요란스레 덜컹거렸다. 콧김을 내뿜으며 잠든 마그다와는 달리 내 머릿속은 폭풍우 치는 바깥처럼 산란했다. 오빠가 무사히 양육원으로 돌아갔을지, 일기장은 오빠에 대한 걱정으로 가득 찼다.

끼크아아악 끼크아아아, 기괴한 울음소리에 소름이 일었다. 끼크아아악 끼크아아아, 몰아치는 폭풍우 틈새로 울음소리가 멈추지 않았다. 아래층으로 내려갔다. 잠들지 못한 마마와 파파가 창가에 서서 숲을 바라보고 있었다. 폭풍우에 휩싸인 숲은 시커먼 괴물이 요동치는 듯 수선스러웠다.

"바벨의 영혼이 육체를 떠나나 보다."

"바벨은 영원히 사는 거 아니에요?"

"생명이 있는 건 모두 죽는단다. 그게 진리거든."

파파의 대답이 끝나기 무섭게 숲을 뒤덮은 회오리바람이 숲의 꼭대기를 휘감으며 하늘로 치솟았다. 마치 구름에 가린 달이 숲을 통째로 빨아 당기는 것 같았다. 푸드덕푸드덕, 새들이 사방으로 날아오르며 울부짖었다.

"바벨의 영혼을 위해 우리도 기도하자꾸나."

파파 얘기에 나는 눈을 감고 바벨의 영혼이 편히 쉬기를 빌었다. 무엇보다 어린 순록의 슬픔이 오래가지 않기를 바랐다. 침대에 누웠지만 어린 순록의 울음소리가 가슴에 파고들어 쉽게 잠들지 못했다. 몇 번을 뒤척인 후에야 간신히 잠들었다.

한껏 달뜬 새들의 재잘거림에 눈을 떴다. 댓바람부터 쳐들어온 마렉이 루르카처럼 꽥꽥거렸다. 머리를 빗고 있던 마그다가 후다닥 계단을 뛰어 내려갔다. 쏟아지는 햇발이 짱짱했다. 밤사이 세상을 들쑤셨던 폭풍우는 언제 그랬냐는 듯 시치미를 뚝 뗐지만 여기저기 흔적을 남겨 놓았다. 서둘러 무릎까지 오는 장화를 신고 파파를 따라나섰다.

밤사이 숲은 몰라보게 달라졌다. 가지가 꺾이거나 생채기가 난 나무들이 허연 속살을 내보였고, 더러는 드러누운 채 뿌리를 내보이기도 했다. 구렁이가 꿈틀거리듯 도드라진 나무뿌리는 모처럼 일광욕을 즐기는 것 같았다. 숲은 한껏 짙어졌다. 빌베리가 탐스러워졌고 여기저기 쑥쑥 올라온 버섯들이 나 좀 데려가라고 목을 길게 뺐다. 새소리도 맑아졌고 향기도 짙어졌다. 쏟아지는 빗줄기에도 빨간 버섯은 그 빛깔을 잃지 않았고, 휘몰아친 바람에도 꽃마리는 향기를 잃지 않았다. 폭풍우가 할퀸 시간에도 생명은 자라고 있었다. 어젯밤 승리자는 죽음이 아니라 생명이라고 파파가 말했다.

파파가 임시 벙커를 지나 깊은 숲 근처에다 바벨을 위한 작고 울퉁불퉁한 돌멩이를 놓았다.

"그동안 숲을 돌보느라 애쓰셨소."

파파에게 답례라도 하는 듯 하얀 새 한 마리가 푸드덕 날아올랐다. 나와 마그다도 돌멩이를 놓았다. 어린 순록에게 전하는 위로의 마음을 담았다. 돌멩이를 놓고 나니 바벨이 정말 육체를 떠났다는 게 느껴져 울적했다. 아무렇지도 않은 듯 어제보다 더 화사해진 나뭇가지를 툭 치자, 토도독 물방울이 떨어졌다.

"자연은 인간과 다른 방식으로 애도의 시간을 갖는 것 같구나. 더 푸르게 빛나고 더 짙게 향기를 내뿜는 걸 보면 말이다. 숲은 충분히 애도의 시간을 가질 거야. 그래야 서서히 습기가 걷히고, 참았던 에너지를 발산하게 되거든. 자연에게도 인간에게도 애도의 시간을 가로막는 건 폭력이야."

내 마음을 엿보기라도 한 듯 파파가 내 어깨를 토닥였다. 울컥, 몸 안에서 정체를 알 수 없는 슬픔이 올라왔다. 폭력이라는 말이 위로가 될 때가 있다니.

마그다와 마렉이 쓰러진 나무의 나이테를 세며 까르르 웃었다. 오빠와 만났던 곳을 지날 때는 오빠가 못 견디게 보고 싶었다. 오빠를 향한 내 마음이 하늘만 하다는 걸 하얀 새가 전해 준다면 좋을 텐데.

마렉은 아침 식사를 우리 집에서 했다. 마그다와 머리를 맞대고 퍼즐을 맞추던 마렉이 퍼즐 조각을 내놓으라는 듯 내게 눈을 흘겼다. 나는 시치미를 뗐다. 마마와 파파가 과수원으로 가고 나는 루르카의 죽이 담긴 양동이를 들고 마렉네 집으로 갔다. 부지런한 이자벨라 아줌마가 이미 먹이를 줬겠지만 나는 감자와 우유가 담뿍 든 먹이를 죽통에 쏟아 부었다. 루자와 루르카가 죽을 사이좋게 나눠 먹었다. 루르카는 우리 집으로 갈 마음이 없어 보였다. 나도 데려갈 마음이 없었다.

감자밭으로 갔더니 감자잎이 쑥 자라 있었다. 비 온 후 감자밭은 감자 잎벌레들의 마차장이 되다 사각사각 사각사각, 정말 끈질긴 놈들이다. 눈에 띄는 족족 해치우다 보니 마렉네 감자밭에 갈 때는 햇살이 따가웠다. 오늘도 스테판 할아버지는 마렉네 감자밭에 있었다.

"할아버지, 바벨이 죽었대요."

"슬퍼하지 않아도 된다. 육체의 시간에서 영혼의 시간으로 건너간 거니까. 육체에 묶여 있던 영혼이 자유로워진 거니, 축복인 셈이지."

할아버지 대답이 너무 평온해서 죽음조차 친근하게 들렸다.

"내 몸도 자유로워질 날이 멀지 않았거든."

이 말에는 대답이 나오지 않았다.

"한나, 너희 나라도 전쟁이 끝났다지?"

"그렇게 알고 있어요."

"네 고향은 어떤 곳이니?"

고향에 대해서는 생각나는 게 없었다.

기억은 퍼즐 조각 같았다. 한 조각 한 조각 퍼즐 판을 완성하려 들면 빈 곳이 자꾸 늘어났다. 고향 마을도 엄마와 아빠 얼굴도 동생들 얼굴조차 생각나지 않았다.

으으윽, 엄마의 신음이 들렸다. 가장 오래된 기억 조각은 엄마가 아기를 낳던 장면이다. 엄마가 내지르는 비명에 엄마가 죽을까 봐 내 심장이 오그라들었다. 나는 두 손을 꼭 쥐고 엄마를 살려 달라고 애원했다. 응애, 어느 순간 아기 울음소리가 들렸고 엄마의 비명은 멎었다. 뚝. 내 기억도 멈췄다.

그다음 기억 조각에서는 콰과광, 귀청을 찢는 소리가 났다. 아기를 안고 있어 귀를 막을 수 없었다. 콰과광, 순철이와 순분이가 있던 다리는 산산조각 나 버렸다. "여기서 꼼짝 말고 기다려야 해." 엄마의 신신당부를 지키느라 꼼짝 않고 서 있는 두 다리가 부들부들 떨렸다. 울며 엄마를 불렀다. 짐을 머리에 이고 진 사람과 짐을 산더미처럼 실은 수레가 한 방향으로 움직였다. 갑자기

나타난 군인이 나를 트럭에 태우려 했다. 엄마를 기다려야 한다고 발버둥 쳤지만 군인들은 나를 막무가내로 트럭에 태웠다.

그다음 퍼즐 조각은 하염없이 달리는 기차 안이었다. 춥고 배고팠다. 나는 기침을 심하게 했다. 피가 나왔다. 다음 퍼즐 조각에선 초록 눈의 금발 여자아이가 내 목에 꽃목걸이를 걸어 주었다. 기침을 너무 많이 해서 가슴이 날카로운 유리 조각에 꿰찔리듯 아팠다. 그때 숨을 헐떡이며 달려온 아줌마가 나를 안았다. 엄마인 줄 알았는데, 엄마가 아니었다. 푸른 눈에 코가 엄청 큰 아줌마가 내 볼에 자신의 볼을 갖다 댔다. 괴물에게 잡아먹힐까 봐 무서웠다. 나는 큰 소리로 울었다. 아줌마는 내 눈물을 닦으며 안절부절못했다. 나는 목이 터져라 울었다. 배가 몹시 고팠다. 아줌마가 내 귀에 대고 무슨 말을 했는데 알아들을 수 없었다. 그 순간 내가 잠깐 울음을 멈췄다고 했다. 나중에 마마에게 물어보니 그날 나에게 했던 말은 "사랑해."였다고 알려 주었다.

처음 폴란드에 도착했을 때 나는 여덟 살이었다. 폐렴에 걸려 삐쩍 말라비틀어져 다섯 살이라 해도 믿을 만큼 덩치가 작았다. 나처럼 병에 걸린 아이들은 병원에서 치료를 받은 뒤 양육원으로 보내졌는데, 나는 운 좋게 간호사였던 마마네서 살게 되었다. 차츰차츰 몸이 회복되는 동안 마마와 파파에 대한 사랑이 깊어졌다. 엄마 얼굴까지 잊어버릴 만큼, 마마와 파파에게 익숙해져 버렸다.

"감자 한 알 못 들 만큼 삐쩍 말랐는데 눈은 어찌나 큰지 왕방울만 하더라. 얼굴이며 팔다리에 버짐과 부스럼이 잔뜩 피었고, 머리에는 이가 득실득실했어. 볼 때마다 어찌나 긁어 대는지 나까지 덩달아 몸이 근지러웠어."

할아버지가 기억의 시간을 거닐고 있는 나를 깨웠다.

마마는 나를 무릎 위에 눕히고는 자주 이를 잡아 주었다. 내 피를 빨아먹어 통통하게 살이 오른 이를 엄지손톱으로 꾹꾹 눌렀다. 딱딱, 이를 죽이는 소리에 나는 눈꺼풀이 스르르 내려앉았고 깊은 잠 속으로 빠져들었다. 머리카락을 헤집고 이를 잡아 주던 엄마의 손길처럼 편안했다. 마마는 내 일기장에 그려진 이가 진짜 이 같다며 엄지로 꾹꾹 누르는 시늉을 해 보였다. 내 머리에서 이가 사라지고 부스럼이 없어질 때쯤 오래된 기억들이 뭉텅뭉텅 사라져 갔다. 대신 내 머릿속은 잎벌레를 잡고 냇가에서 멱을 감고, 숲에서 버섯을 따고 다람쥐를 뒤쫓는 일들로 차곡차곡 채워졌다. 그런데 내 기억을 아무리 들춰 봐도 아빠가 없었다. 그리고 군인들이 왜 아이를 데려가 버렸는지 지금도 이해되지 않았다.

"전쟁으로 우리는 너무나 많은 사랑을 잃어버렸구나. 한 사람이 살아 있었다면 누군가에게 평생 베풀었을 사랑을 세상은 몽땅 잃어버린 거지. 비록 그들을 잃었지만 우리 삶은 계속되고 있구나. 내가 살아남았고, 너도 살아남아 삶을 이어 가고 있으니 말이다."

할아버지는 전쟁 얘기를 꺼낼 때마다 한겨울 마른 나무처럼 몸을 옹송그리며 떨었다. 그러면서도 전쟁 얘기를 자주 꺼냈다. 어쩌면 일기를 쓰는 나처럼 무언가를 잊지 않기 위해서 자꾸 이야기를 꺼내는 것 같았다. 가끔 할아버지가 왜 혼자 사는지 궁금했지만 묻지는 않았다. 나보다 몇 배나 오래 산 할아버지의 기나긴 이야기를 들을 자신이 없었다.

"한나, 최 선생님은 무슨 일로 오셨니?"

철렁 내려앉은 가슴이 늪으로 빠져들었다.

"최 선생님이 왔다고요? 못 봤는데요."

"30분쯤 되었을까, 몹시 다급해 보이더구나."

할아버지 말씀이 끝나자마자 나는 집으로 내달렸다.

마당으로 들어서는 나에게로 달려온 마마 눈이 빨갰다. 쇼팽의 등을 쓰다듬는 파파 눈도 젖어 있었다. 마렉과 마그다도 내 눈치를 슬금슬금 봤다.

"최 선생님이 무슨 일로 오셨어요?"

"한나…. 일주일 후에 북한으로 돌아가야 한다는구나…. 준비를 하라니… 어쩌면 좋으니…."

마마가 울음을 터트렸다.

"벌써 한 무리는 떠났고, 근처 양육원 아이들도 떠났다는구나. 전원 송환이라니…. 아무리 국가의 명령이지만 너무 급작스러워."

파파가 우는 마마를 안아 토닥였다. 전원 송환이라면 하루아침에 정해진 일이 아닐 것이다. 현수 오빠는 알고 있었을 텐데, 나에게 한마디도 하지 않았다. 혹시, 오빠가 송환되었나? 갑자기 찾아와 잘 지내라던 것이 마지막 인사였나? 송환이라면 더더욱 얘기해 줘야 하잖아. 머릿속이 복닥거렸다.

"마마 파파, 양육원에 가서 금옥이를 만나고 올게요."

"최 선생님 허락을 받아야 하잖니? 그러다 그 자리에서 끌려가면 어쩌려고."

"마렉이랑 같이 가서 몰래 만나고 오면 돼요."

마렉이 고개를 끄덕였다.

"마차로 데려다주마."

파파가 말했지만 나는 마마와 파파는 밭도 갈고 사과 순도 따야 하니, 마렉하고 갔다 오겠다고 우겼다. 마렉이 자전거를 가져오겠다며 후다닥 집으로 달려갔다. 마마와 파파는 한 발짝 물러났지만 서운한 기색이 역력했다.

이내 마렉이 자전거를 끌고 왔다. 우리는 양육원을 향해 페달을 밟았다. 한낮이 되려면 아직 두 시간쯤 남았는데도 따가운 햇볕이 피부 속으로 콕콕 박혔다. 오르막을 오르기 전에 나무 그늘에서 한 차례 숨을 돌렸다.

"물 마실래?"

콧잔등에 땀이 송골송골 맺힌 마렉이 물통을 내밀었다. 막상 북한으로 돌아간다니 안돼 보였는지 몸에 맞지 않는 친절을 베풀었다. 사막처럼 바싹 마른 입안으로 벌컥벌컥 물을 들이켰다.

"현수 형 송환된 거지?"

"송환에 대해서는 한마디도 안 했어."

"너희 사귀잖아?"

내가 흘낏 노려보자 마렉은 현수 오빠가 말해 준 거라며 발뺌을 했다. 편지 훔쳐본 걸 따질 기운은 없었다.

"금옥이도 궁금하지만, 오빠를 만나러 가는 거야."

"나한테 널 부탁한다고 당부하더라고. 정말 송환됐나 보다."

"그렇다면 더더욱 얘기했어야지!"

"그건 그래. 넌, 북한으로 돌아가고 싶어?"

느닷없는 질문이었다. 북한으로 돌아가면 엄마를 만날 수 있을까? 북한으로 돌아가고 싶은지 돌아가기 싫은지 모르겠다. 물론 내 생각 따위는 상관없이 국가의 명령을 무조건 따라야겠지만 지금 상황이 받아들여지지 않았다. 7년 동안 나는 엄마 얼굴을 잊어버릴 만큼 마마와 파파에게 익숙해져 버렸다. 폐렴에 걸린 나를 살려 준 생명의 은인이었고, 내가 폴란드에서 처음으로 마음을 연 분들이었다. 그 마음을 두고 떠날 수 있을까? 일주일 동안 그 마음을 정리하라니, 터무니없는 요구였다. 현수 오빠도 나와 같은 마음이었을까? 폴란드를 떠날 수 없는 마음이어서 말하지 않았을까? 미로 속을 헤매는 답답함에서 어서 풀려나고 싶었다.

"만약, 현수형이 북한으로 안 가겠다면?"

"국가의 명령을 거부할 수 없어. 그럴 일은 없을 거야."

"가기 싫으면 가지 마."

마렉의 대답이 진심 같았다. 마렉의 금빛 머리카락에서 땀방울
이 뚝뚝 떨어졌다.

비밀 양육원

마당을 빙 두른 양육원 돌담을 따라 서 있는 아름드리나무 뒤로 갔다. 태양이 마당을 한껏 달구어 놓았다. 물황철나무 초록 이파리는 여전히 반짝반짝 빛났다. 이럴 때 금옥이가 척 나타나면 좋을 텐데. 마렉이 양육원으로 가 오빠를 데려오겠다고 설쳤다.

"마렉, 진정해. 폴란드 선생님들 기숙시기 지기야. 내가 가시 음악 선생님께 현수 오빠를 불러 달라고 부탁해 볼게."

"내가 데려온다니까."

"마렉, 제발 진정하고, 여기서 기다려 줘."

초조함으로 흥분한 마렉을 진정시켰다. 다행히 이성을 되찾은 마렉이 돌담 옆으로 자전거를 바싹 붙였다.

"짐받이를 밟고 올라가."

나는 마렉의 손을 잡고 짐받이 위에 올라서서 뒷마당을 살폈다. 조용했다. 돌로 쌓은 담장에 올라앉은 후 풀쩍 뛰어내렸다. 다행히 이끼가 깔려 있어 충격이 심하지 않았다. 주위를 살피며 뒷마당 끝에 있는 기숙사로 달렸다.

"얘, 너 순례 아니니?"

원수는 외나무다리에서 만난다더니, 양육원 뒷문이 벌컥 열리더니 불여우 수련 언니가 기다렸다는 듯이 불쑥 나왔다. 소중한 걸 얻으려면 비굴함도 견뎌야 한다.

"언니, 안녕하세요."

"너 최 선생님 허락 맡고 온 거니?"

"금옥이를 만나러 왔어요."

"너희 둘 가장 친한 줄 알았는데, 아닌가 보네. 금옥이는 오늘 아침에 떠났어. 넌 언제 가니?"

수련 언니가 되물었다. 송환은 기정사실이었고 마지막 인사조차 못 할 만큼 급히 진행되었다. 오빠는 이런 중요한 사실조차 말하지 않다니. 점점 초조하고 애가 탔다.

"언니는요?"

"우린 학기를 끝내야 하니까 맨 나중에 가겠지. 내년쯤."

"현수 오빠도요?"

"어휴, 아직도 현수가 널 좋아한다는 착각에 빠져 있구나. 현수 걘 누구에게나 친절하다니까. 제발 꿈 좀 깨셔."

"언니가 어떻게 알아요?"

"그건… 내가 그걸 왜 말해야 하니?"

"현수 오빠가 진심으로 절 사랑하니까요."

"뭐, 사랑? 얘가 정말…. 우리 둘이 사귀거든."

헛웃음이 나왔다. 하마터면 미친 사람처럼 깔깔거릴 뻔했다.

"현수 불러올까? 현수에게 직접 물어볼래?"

"네. 불러 주세요."

"얘가 정말. 사람 말을 왜 이리 못 믿니. 딱 기다려."

언니가 씩씩대며 건물 안으로 들어갔다. 현수 오빠가 언니와 함께 나오면 어쩌지. 수련 언니의 지나친 당당함에 주눅이 들었다. 설마, 오빠가 양다리를? 돌이켜 보면 오빠는 수련 언니와 다정했다. 날 보고 당황할 오빠를 마주할 용기가 나지 않았다. 기숙사 기둥 뒤에 숨어 언니를 기다렸다. 1분 1초가 너무 길었다. 속이 타들어 갔다.

"한나?"

수련 언니 대신 더위에 지친 풀처럼 축 늘어진 음악 선생님이 뒷마당으로 걸어왔다. 퉁퉁 부은 눈과 코끝이 빨갰다. 아이들을 떠나보낸 선생님 마음도 편치 않은 모양이었다.

"선생님, 갑자기 송환이에요?"

"내년 6월까지는 폴란드에 있는 아이들을 모두 데려간다더라. 전쟁으로 파괴된 너희 나라를 재건하기 위해 '천리마 운동'이 시작되었다고 해. 헝가리, 벨기에, 루마니아, 불가리아, 체코로 간 아이들도 모두 불러들였대. 아침에 떠난 아이들이 여기서 살게 해 달라고 어찌나 울던지, 나도 울었어. 한나, 안 그래도 너에게 할 말이 있단다."

선생님이 내 손을 잡으며 바투 다가왔다.

"한나, 네 고향은 북한이 아니라 남한이라 들었어."

"그게 뭐가 중요해요."

"지금은 아니더라도 중요할 거야. 전쟁으로 너희 나라는 북한 과 남한으로 완전히 분단되었다고 해. 서로 다른 이념 때문에 베 를린 장벽이 세워진 동독과 서독처럼 너희 나라도 서로 오갈 수 없게 된 거야. 이 말은 네가 북한으로 가면 네 고향인 남한으로 돌아갈 수 없다는 뜻이야. 너도 나처럼 참 딱하게 되었구나."

선생님의 에메랄드빛 눈에서 눈물이 뚝뚝 떨어질 것 같았다.

"최 선생님이 나에게 청혼을 했어. 우린 곧 결혼할 거야."

장미 꽃잎처럼 부드러운 음악 선생님과 독사처럼 차가운 최 선 생님이 결혼한다니, 전원 송환만큼이나 믿기지 않았다. 사랑을 속삭이는 선생님 목소리는 쇼팽의 〈녹턴〉만큼 감미로웠지만 그 안에 슬픔이 배어 있었다.

"나는 최 선생님을 사랑해. 북한과 폴란드, 두 나라 다 외국인 과의 결혼이 금지되었지만, 우린 어렵게 승낙을 받아 냈어. 그런 데…."

한숨을 길게 내쉬는 선생님은 죽음을 눈앞에 둔 연극 배우만큼이나 애달파 보였다.

"송환을 거부하고 도망친 애가 있어."

선생님이 주위를 살피며 속삭였다.

"그 애 때문에 일이 좀 복잡하게 꼬여 버렸지 뭐니. 도망친 애를 찾지 못하면 최 선생님은 북한 당국으로부터 처벌받게 돼. 그럼 우린 결혼을 못 하겠지…. 결혼 승낙을 받느라 4년 동안 갖은 노력을 다 했는데…. 애쓴 보람이 물거품이 될 판이야. 어쩜 좋으니. 빨리 찾아야 하는데…. 장래가 촉망되는 애가 왜 도망쳤는지 모르겠구나. 최 선생님이 각별히 아꼈는데, 그 은혜도 모르고 달아나 상황을 복잡하게 만들었어."

"도망친 사람이 혹시… 김현수?"

"너도 현수를 아는구나. 정말 속상해."

믿기지 않았다. 노벨 물리학상을 조국의 품에 안기겠다는 오빠가 도망이라니! 침착하자. 심호흡을 깊게 했다.

"조금 전에 수련 언니를 만났는데, 오빠가 양육원에 있다고 했어요."

"현수가 도망친 건 나랑 최 선생님만 알아. 지도원 선생님들도 몰라. 특별한 곳으로 공부하러 갔다고 말해 뒀대."

"도망친 게 확실해요?"

"그래. 최 선생님이 조금 전에 그 애가 폴란드에 와서 처음 살았던 양육원으로 떠났거든."

"거기가 어딘데요?"

"프와코비체에 있는 비밀 양육원이라더라. 그리로 갔을 게 확실하다는데, 붙잡을 수 있을지 모르겠구나."

비밀 양육원이 있다는 말은 처음 들었다.

7년 전, 우리가 기차에서 내리자 길게 줄지어 서 있던 파란 눈의 언니 오빠들은 우리에게 꽃목걸이를 걸어 주며 대대적인 환영을 해 주었다. 그런데 다른 한편에서는 비밀 양육원을 만들어 북한 고아들을 받아들였던 것이다. 폴란드 정부도 2차 세계 대전을 겪은 지 얼마 안 된 상태라 북한 고아들을 너무 많이 받아들이면 국민의 원성을 사게 돼, 비밀 양육원을 만들게 되었다는 거였다. 선생님 설명을 듣고 나니 납득되었다. 학교에서도 몇몇 아이들이 "너희는 우리보다 더 좋은 옷 입고, 더 좋은 음식 먹잖아."라며 빈정거린 적이 더러 있었다.

"한나, 떠나기 전에 또 보자."

선생님이 내 볼에 뽀뽀를 해 주었지만, 차마 선생님의 결혼을 축하드릴 수 없었다. 빈말이라도 결혼을 축하한다고 말해야 했지만 입술이 달싹이지 않았다. 자신의 재능을 알아봐 준 최 선생님을 배신하고 도망친 오빠 마음도 편치 않았을 것이다.

"그런데 무슨 일로 왔니?"

"금옥이를 보러 왔는데 이미 송환됐대요."

"최 선생님이 돌아오면 북한 어느 지역으로 갔는지 물어봐 줄게."

나는 간신히 인사를 하고 뒤돌아섰다.

오빠는 나를 사랑했을까? 나는 오빠를 위해 무엇이든 할 수 있는데, 오빠는 거짓말을 하고 사라져 버렸다. 웃을 때면 아래로 축 처지는 착한 눈을 가진 오빠를 볼 수 없다고 생각하니 눈물이 앞을 가렸다. 이제 오빠가 읊어 주는 〈두 번은 없다〉를 들을 수 없고, 어깨를 들썩이며 웃는 오빠 얼굴을 다시는 볼 수 없다니 미칠 것 같았다. 양육원 담장을 넘으며 나는 결심했다.

'비밀 양육원으로 가자.'

작은 새

"형은?"

마렉이 뜯어 버린 소나무 잎사귀가 발밑에 수북하게 쌓여 있었다. 기다린 시간만큼 마렉의 궁금증이 폭발했다. 자전거 페달을 밟았다. 한시라도 빨리 양육원을 벗어나고 싶었다.

"송환됐구나? 어떻게 한마디도 안 하고 갈 수 있냐."

마렉이 옆으로 따라붙으며 조잘거렸다.

"답답해 죽겠다. 제발 말 좀 해라."

마렉이 자전거로 앞을 막아섰다.

"오빠가 사라졌어."

참았던 울음이 터져 버렸다. 나만큼 충격을 받았는지 마렉의 눈과 입이 쩍 벌어졌다.

"어제 둘이서 무슨 얘기 했어?"

"그게… 둘이 진짜로 사귀냐고 물었더니, 사귄대서 더 이상 묻지 않았어."

"다른 말은 없었고?"

"응. 넌, 형이 어디로 갔는지 알아?"

"알아. 비밀 양육원."

"찾으러 갈 거야? 같이 가 줄까?"

나는 고개를 끄덕였다. 그래, 내가 찾으러 가면 된다.

우리는 페달을 밟았다. 집에 도착하자 마당을 서성이던 마마와 마그다가 달려왔다.

"한나, 쇼팽이 널 기다린 모양이야. 오늘이 쇼팽에게 마지막 인사를 건넬 때구나."

불행은 정말로 한꺼번에 몰려온다. 파파 품에 안긴 쇼팽의 몸은 축 늘어졌지만 얼굴은 평온했다. 쇼팽이 무거운 눈꺼풀을 간신히 치켜올렸다. 눈물이 나왔다. 파파가 쇼팽이 등을 긁어 대던 소나무 앞으로 가 앞발로 줄기를 쓰다듬어 주자 쇼팽 입가에 미소가 번졌다. 암소 로디는 긴 혓바닥으로 쇼팽의 볼을 쓰다듬었다. 쇼팽은 닭들과 말들하고도 마지막 인사를 나눴다. 쇼팽의 숨쉬는 속도가 점점 느려졌다. 우리 집 모든 것들과 마지막 인사를 나눈 후 쇼팽은 거실로 들어가 누웠다. 쇼팽이 힘겹게 눈을 뜨자 입가의 하얀 수염이 파르르 떨렸다. 쇼팽은 가늘고 긴 숨을 한번 푸 내쉬더니 이내 고요해졌다. 마치 잠을 자는 것 같았다. 죽음은 눈 깜짝할 사이에 일어났다. 아무리 흔들어 깨워도 눈을 뜰 수 없는 쇼팽 때문에 눈물이 멈추질 않았다. 마마와 파파도 눈물을 흘렸다.

우리는 소나무 밑에다 쇼팽을 묻었다. 오빠도 쇼팽처럼 영원히 사라져 버릴 것 같았다. 날카로운 칼날이 심장을 도려냈다. 쇼팽이 흙으로 돌아간대도 영원히 쇼팽을 잊지 못할 것이다. 안녕, 행복한 개 나의 쇼팽. 나는 쇼팽의 무덤 위에 작은 돌멩이를 올려놓았다. 다섯 개의 돌멩이가 쇼팽의 영혼을 위로했다. 돌멩이는 산 자가 죽은 자에게 건네는 가장 평등한 선물이라고 파파가 알려 주었다. 화려한 꽃과 비싼 호롱은 죽은 자와 산 자의 재산과 권력을 드러내지만, 돌멩이에는 어떤 것도 덧씌워지지 않는다고 했다. 임시 벙커에다 돌멩이를 놓는 이유도 군인들이 계급에 상관없이 죽은 뒤에나마 평등하기를 바라는 파파의 마음이었다. 아무리 작고 소박한 꽃이더라도 지상에서 가장 평등한 돌멩이를 대신할 수 없다면서.

이른 저녁 식사를 하는데 내 발 언저리에 앉아 있던 쇼팽이 없어 허전했다.

"금옥이와 현수는 언제 송환된다니?"

"저랑 같이요."

거짓말을 하려니 목소리가 떨렸다.

"그 전에 우리 집에 초대하자꾸나."

"네…."

"일주일 후에 널 어떻게 보내니…. 말도 안 돼…. 한나, 폐렴이 도졌다고 말해 보자."

마마가 울음을 삼켰다.

"저도 그러고 싶어요."

더 이상 의자에 앉아 있을 수 없었다. 계단을 오르는데 눈물이 주르륵 흘러내렸다. 책상에 앉아 일기장을 펼쳤다. 분위기를 파악한 마그다가 내 등을 안아 주고는 말없이 침대에 누웠다. 오늘은 일기 대신 여러 사람에게 편지를 썼다.

어둠이 사분사분 내려앉았고, 숲은 빠르게 어둠을 끌어당겼다. 세상의 모든 생명을 품은 숲은 어둠까지도 너끈히 품었다. 나는 숲이 얼마나 많은 생명을 품고 있는지 안다. 버섯, 베리, 참새, 다람쥐, 나무, 이끼, 바람, 햇살, 도토리, 꽃, 별, 달, 공기, 나뭇잎, 토끼, 너구리, 오소리, 바벨…. 파파 말대로 숲은 미런스러울 만큼 온갖 생명을 품었다. 그래야 숲이라면서. 생각해 보니 나에게 숲은 마마와 파파였다. 그러나 작은 새는 숲을 떠나야 할 때도 있다. 하지만 제 고향을 찾아 강물을 거스르는 연어처럼, 둥지를 찾아 반드시 돌아올 것이다.

'마마 파파, 기다려 줘요. 오빠와 함께 꼭 돌아올게요.'

마그다의 숨소리가 평온했다. 서둘러 옷가지와 필요한 물건을 배낭에 넣었다. 스테판 할아버지에게 빌린 돈도 확인했다. 할아버지가 아무것도 묻지 않아 줘서 고마웠다. 마렉이 미리 빌려준 옷으로 갈아입었다. 그리고 어깨까지 내려온 머리카락을 하나로 올려 묶고 단번에 싹둑 잘라 버렸다. 어색해진 짧은 머리를 가리기 위해 얼른 마렉의 모자를 눌러썼다. 나는 완벽한 소년으로 변신했다. 조심조심 계단을 내려갔다.

살며시 현관문을 밀었다. 끼이익, 비명을 내지르는 현관문을 뚫고 알싸한 밤공기가 훅 들어왔다. 발이 얼어붙었는지 떨어지지 않았다. 망설임은 결정을 후회하게 만든다. 머뭇거림을 떨쳐 내듯 몸을 털고는 성큼 어둠 속으로 한 발을 내디뎠다. 길을 밝히기에는 달빛과 별빛이 너무 흐렸다. 내 눈이 밤의 눈이 되기를 기다렸다. 이렇게 기다리다 보면 풀과 나무가 우거진 곳은 까맣게, 자갈과 길이 있는 쪽은 하얗게 드러난다. 달빛의 자비라고 마마가 알려 주었다. 잠자코 기다렸더니 하얗게 길이 열렸다. 대문 앞에 마렉이 기다리고 있었다.

"가자."

우리는 말없이 하얀 길을 따라 걸었다.

기차역으로 가는 길은 발에 익었다. 풀벌레 소리에 긴장감이 풀렸다가 잠 못 이루는 늑대 울음소리에는 바짝 졸아들었다. 발걸음이 빨라졌다. 마렉이 자꾸 뒤를 돌아보았다. 혹시라도 마마와 파파가 뒤쫓아 올까 봐 신경 쓰는 것 같았다. 무사히 기차역에 도착했을 때는 온몸이 물을 빨아들인 솜처럼 축 처졌다. 나무가 우거진 구석으로 가 나무 의자에 앉았다. 몸속 열기가 빠져나가 자 으슬으슬 떨렸다. 담요로 몸을 감쌌는데도 추웠다. 마렉도 담요를 뒤집어쓴 채 몸을 부르르 떨었다. 기차를 타기 전까지는 긴장의 끈을 놓쳐선 안 된다. 나는 주머니에 넣어 둔 돌멩이를 매만졌다.

시간은 느릿느릿 달팽이 기어가듯 흘렀지만 때가 되자 동쪽 하늘에 빛이 스며들었다. 해가 서서히 어둠을 몰아내자 사람들이 종종걸음을 치며 한 명 두 명 기차역으로 모여들었다. 고단함이 잔뜩 밴 얼굴들이었다. 다행히 우리에게까지 관심을 보일 여유는 없어 보였다. 곧이어 역무원이 나와 기차역 문을 열었다. 우리는 사람들을 따라 대합실로 들어가 브로츠와프행 기차표를 사서 플랫폼으로 나갔다. 브로츠와프에서 다시 프와코비체 가는 기차로 갈아타야 한다. 마그다가 일어날 시간은 아니지만 마마와 파파는 일어나고도 남을 시간이었다 아직은 내가 사라진 걸 모를 것이다. 마렉이 길게 하품을 하며 기지개를 켰다. 기차가 도착할 시간이 되었는지, 사람들이 우르르 플랫폼으로 몰려나왔다. 나는 모자를 푹 눌러 코 밑까지 가리고도 담요를 뒤집어썼다. 빨리 기차를 탔으면 좋겠다고 생각했다.

빠아앙, 드디어 기차 앞머리가 보였다. 북한에서 소련으로, 소련에서 다시 폴란드로 올 때 타고 온 기차일지도 모르겠다. 우리는 맨 마지막 칸에 올라탔다. 바르샤바 시내에서 타고 온 사람들이 꽤 많았다. 대부분 눈을 감고 잠을 잤다. 그중에 고개가 무릎에 닿을 듯 깊은 잠에 빠진 할머니 옆자리가 비어 있었다. 마렉이 나를 앉혔다. 마렉은 뒤편 빈자리에 자리를 잡았다. 나는 담요를 푹 뒤집어쓰고 눈을 감았다. 주위를 살피느라 귀가 예민하게 굴어 잠들 수 없었지만 잠든 척했다.

기차가 서서히 몸을 움직이다 이내 속력을 냈다. 역마다 사람들이 내리고 새로운 사람들이 올라탔다. 아쉽게도 그사이에 할머니가 내렸다. 마렉이 입까지 헤벌린 채 곤히 자고 있어 깨울 수 없었다. 나는 할머니 온기가 남아 있는 창가로 자리를 옮겼다. 호기심이 남아도는 어른이 옆자리에 앉을까 봐 걱정되었다. 자는 시늉을 하고 있는데, 옆자리에 누군가 와서 앉았다. 계속 잠든 척하며 인기척에 귀를 기울였다. 쪼르르, 코가 먼저 반응을 했다. 곡식 커피 향이 솔솔 풍겨 입안에 침이 고였다. 침 삼키는 소리가 전달될까 봐 신경 쓰였다. 하필 커피라니. 커피 한 모금에 안달 나버린 손이 슬그머니 담요를 내렸다. 동그란 안경을 낀 양복 입은 아저씨가 책을 읽으며 커피를 마시고 있었다.

"혹시 어디 아프니? 몸을 떠는 것 같아서."

"괜찮습니다."

"자, 마셔라. 따뜻한 게 들어가면 좋을 거야."

아저씨가 커피가 담긴 컵을 내밀었다. 한 모금 마시자 어깨가 쭉 펴졌다. 아저씨가 곰살갑게 굴었지만 나는 경계를 늦추지 않왔다.

"어디까지 가니?"

"브로츠와프까지 갑니다."

점잔을 빼는 내가 우스웠다. 마렉은 여전히 꿀잠에 빠져 있었다.

"나돈데. 브로츠와프 어디?"

"브로츠와프에서 다시 프와코비체 가는 기차를 타야 합니다."

"멀리 가는구나. 프와코비체에는 무슨 일로 가니?"

"누굴 좀 만나러 갑니다."

"혼자서?"

"아닙니다. 일행이 저쪽에 있습니다."

대충 마렉이 있는 쪽으로 눈길을 돌렸다.

"심심한데 체스 둘래?"

아저씨는 내 대답을 듣지 않고 가방에서 체스 판을 꺼냈다. 그러더니 네모 가방을 무릎 위에 올려놓고 그 위에 아지씨 손바닥 두 개를 합쳐 놓은 크기의 두꺼운 종이 체스 판을 양쪽으로 펼쳤다. 마렉은 체스 내기를 좋아했지만, 나는 체스를 두느니 차라리 감자밭에 나가 감자 잎벌레를 잡는 게 더 나았다.

"화장실 좀 다녀오겠습니다."

아저씨가 화장실 방향을 알려 주었다. 커피 한 잔의 대가로 4시간 동안 체스를 두는 건 끔찍했다. 화장실 방향으로 가며 빈자리를 찾았지만 마땅한 자리가 없었다. 뒤돌아보니 아저씨가 더 가라며 손짓을 했다. 어쩔 수 없이 화장실에 가야 했다.

다행히 기다리는 사람이 없어 화장실에 들어가 볼일을 보고 나왔다.

"변태 새끼!"

화장실 문을 열고 나오자 코 밑이 거뭇거뭇하고 덩치가 제법 큰 녀석 둘이서 실실 웃으며 시비를 걸었다. 말려들면 안 된다. 바지 주머니에 손을 찔러 넣자 퍼즐 조각이 잡혔다. 아차! 마렉에게 주려고 넣어 둔 걸 깜박했다. 나는 눈을 내리깐 채로 한 발 뗐다. 그 순간 벽에 등을 대고 있던 녀석이 냅다 발을 걸었다. 헉. 고꾸라지고 말았다. 다른 녀석이 깔깔거렸다.

"귓구멍이 막혔냐? 왜 여자 화장실에서 나왔는지 보고하고 가셔야지."

아차! 나는 지금 남장을 했지.

"혹시 계집애냐? 확인 좀 해 볼까?"

두 녀석이 나를 앞뒤로 막아섰다. 당장이라도 바지를 벗길 기세였다. 나는 무릎을 세워 두 손으로 깍지를 꼈다.

"어쭈, 반항하네."

녀석이 내 팔을 확 낚아챘다. 그 틈을 이용해 다른 녀석이 내 바짓자락을 잡아당겼다.

"그 손 놓으시지."

마렉이었다. 눈을 부릅뜬 마렉이 권투 선수처럼 두 주먹을 치켜세웠다.

"참견 말고 가던 길이나 가셔."

"내 동생이라 그냥 갈 수 없거든."

"너도 변태냐? 너도 여자 화장실 들어가시게?"

"실수로 여자 화장실 좀 들어갔다고 바지까지 벗기고 그러셔.
저기 저분이 우리 아빤데, 경찰관이셔. 신고하기 전에 꺼지시지."

"그딴 거짓말에 속을 줄 알고."

녀석들이 이죽거렸다. 마렉이 객차 문을 열려 하자, 눈치를 살
피던 녀석들이 부랴부랴 반대편 객차로 꽁무니를 뺐다.

"앞으로는 혼자 다니지 마."

마렉이 객차로 들어가며 하품을 늘어지게 해 댔다.

잉크 자국

"얜 누구니?"

"마렉입니다."

아저씨 물음에 마렉이 냉큼 대답했다.

"반갑구나 마렉. 너희 둘 조합이 영 어색한데?"

"친구예요. 어! 체스다. 저랑 체스 둘래요?"

마렉이 내 자리에 날름 앉으며 체스 판을 펼쳤다. 아저씨는 눈을 반짝이더니 체스 판 앞으로 다리를 가지런히 모았다. 마렉이 앉았던 자리를 보니 이미 꼬마 아이가 차지해 버렸다. 내 사정은 아랑곳 않고 두 사람은 체스 판 위에 말을 올려놓았다. 아저씨 팔목에 남아 있는 푸르스름한 잉크 자국이 언뜻 보였다. 마마 팔뚝에 있는 자국과 비슷했다. 마마는 한여름에도 긴팔 옷만 입었다. 내가 마마의 문신을 본 건 마마네 집으로 위탁 온 첫날이었다. 마마는 폐렴을 앓아 마른 가지처럼 비틀어진 내 몸을 구석구석 닦아 주었다. 그때 마마의 팔뚝에 문신으로 새겨진 숫자를 보았다.

마렉이 퀸 앞의 폰을 두 칸 앞으로 움직였다. 아저씨도 폰을 두 칸 앞에다 놓았다. 마렉의 손놀림은 거침없었지만 아저씨는 몹시 신중했다. 대결이 제법 진지해서 문신에 대해 물어볼 수 없었다. 공부보다는 잡기에 능한 마렉의 체스 실력이 만만찮은지 아저씨 미간에 주름이 잡혔다. 아저씨가 말 두는 속도가 점점 느려졌다.

"제가 이긴 것 같은데요."

마렉 목소리가 거만했다.

"체스 실력이 대단하구나. 한 판 더 두자."

"저 졸리거든요."

마렉이 늘어지게 하품을 해 댔다.

"마렉, 제발 한 판만 더 두자. 이번엔 내기를 걸어도 좋아."

"진심이죠?"

스르륵 내려앉던 마렉 눈이 번쩍 뜨였다. 아저씨와 마렉의 불꽃 튀는 체스 대결이 다시 벌어졌다. 안타깝게도 아저씨는 금세 퀸을 사로잡히면서 백기를 들고 말았다.

"마렉, 딱 한 판만 더 두자. 삼세판은 해야지."

아저씨가 마렉을 졸랐지만 입이 찢어져라 하품을 해 대는 마렉의 눈꺼풀은 이미 거물거물 내려앉았다. 아저씨는 입맛을 쩝쩝 다시며 체스 판을 정리해 가방에 넣었다.

"아이쿠, 미안하다. 여기 앉으렴."

괜찮다고 했지만 아저씨가 막무가내로 나를 앉혔다. 마렉의 머리가 내 어깨 위로 쓰러졌다.

"뭐 하나 물어봐도 됩니까?"

내 눈길이 팔목에 가 있는 걸 아저씨도 알아차렸다.

"그 문신… 아는 분 팔에도 있어서요."

"유대인이라는 표식이란다. 물론 표식이 없는 유대인도 있지만."

"유대인들만의 특별한 표식인가요? 유대인은 어떤 사람인데, 이런 표식을 하고 있습니까?"

물끄러미 나를 바라보던 아저씨 입에서 2차 세계 대전이라는 낱말이 툭 떨어졌다.

전쟁을 일으킨 히틀러는 유대인을 혐오했다. 폴란드에 살고 있던 유대인들 팔에 노란 별 완장을 차게 했고, 급기야 '게토'라는 구역을 정해 격리했다. 유대인은 게토 밖으로 나올 수 없었다. 나는 어느새 아저씨의 이야기 속으로 빠져들었다.

"유대인이 믿는 유대교는 히틀러가 믿는 가톨릭과는 다르단다."

"고작 종교가 다르다는 이유로 사람을 가둔다고요?"

"나라가 혼란스러울 때는… 음, 그때 독일은 1차 세계 대전에서 패배한 뒤로 몹시 혼란스러웠어. 나라가 혼란스러울 때는 국민의 불안과 불만이 정부로 향하게 된단다. 히틀러는 국민의 불만을 돌릴 대상이 필요했던 거야. 그게 바로 유대인이었지. 히틀러는 자신의 권력을 지키기 위해 유대인을 이용했어. 600만 유대인을 강제수용소에 가둬 놓고 온갖 노역을 시켰고 급기야 집단 학살했지. 대재앙이었어. 우리의 목숨은 하루살이만도 못했단다. 그의 손가락 끝에 우리의 목숨이 달려 있었거든."

아저씨는 세상에서 일어날 수 없는 이야기를 사실처럼 늘어놓았다. 오시비엥침* 수용소에서 살아남은 사람은 손에 꼽을 정도였다며 말끝을 흐렸다. 살아 있는 동안 인간이 겪어야 할 모든 고통을 그때 다 겪었다는 아저씨 눈빛에서 현수 오빠의 눈빛을 보았다. 헤어질 때 나에게 보여 준 슬픈 눈동자. 눈동자에 소리 없는 시냇물이 흐르는 착각마저 들었다.

나도 모르게 부르르 몸을 떨었다. 마치 내 몸 어딘가에 박힌 문신을 털어 내고 싶다는 느낌이 들었다. 마마의 괴로움도 함께 털어 내고 싶었고 현수 오빠의 슬픔도 떨쳐 버리고 싶었다. 나는 주머니에 넣어 둔 돌멩이를 움켜쥐었다. 거친 마마의 손등괴는 달리 매끈매끈한 돌멩이. 마마가 옆에 있었다면 마마를 꼭 안아 줬을 텐데.

"죽음에서 살아난 나는 1분 1초가 소중해, 행복해야 한다는 강박관념에 사로잡혀 살았어. 그게 살아남은 사람이 해야 할 의무 같았고, 죽은 이에 대한 예의 같아서 말이야. 너도 그러니?"

나는 잠자코 있었다.

---

* 오시비엥침: 독일어로는 아우슈비츠.

"만약 그렇다면 너무 애쓰지 않는 게 좋아. 행복보다 불행에 가까워질 테니까. 그냥 네 삶이 물 위에 떠 있는 조각배였음 해. 물이 흘러가는 대로 놓아두고 즐기렴."

"그럴 수 있을까요?"

내 말뜻을 이해한다는 듯 아저씨가 고개를 끄덕였다.

"여자아이가 남장을 했으니 녹록지 않겠지. 네 눈빛이 내가 아는 동양인 여자아이와 닮았구나. 상처 있는 사람은 상처 입은 사람을 알아보는 법이거든."

아저씨 대답이 다 알고 있으니 사실대로 말하라는 채근으로 느껴졌다.

"말 안 해도 되니까 쩔쩔매지 않아도 돼. 프와코비체에 간다고 해서 자세히 봤을 뿐이야. 브로츠와프에 도착하면 깨워 줄 테니 너도 눈 좀 붙이거라."

아저씨가 화장실을 다녀오겠다며 자리를 떴다. 피곤이 모기떼처럼 몰려들었다. 무거운 눈꺼풀이 스르륵 내려앉았다. 마렉의 숨결이 자장가로 들렸다.

아저씨가 내 어깨를 톡톡 치더니 창밖을 가리키며 브로츠와프에 도착했다고 알려 주었다. 이미 눈을 뜬 마렉이 창밖을 바라보고 있었다. 자고 일어났더니 몸이 한결 가뿐했다. 마렉도 생기 있어 보였다. 기세를 꺾은 기차가 서서히 플랫폼으로 들어섰다. 오렌지빛으로 우뚝 솟은 기차역 꼭대기에는 폴란드 국기가 바람에

나부꼈다. 기차가 멈춰 서자 마렉이 아저씨 뒤를 껌 딱지처럼 따라붙었다.

아저씨를 따라 대합실로 들어섰다. 1시간 후에 프와코비체로 가는 기차가 있었고, 바르샤바로 돌아가는 기차는 저녁 7시가 막차였다. 아저씨가 점심을 같이 먹자며 우리를 끌었다. 기차역 맞은편에 있는 피에로기* 식당으로 들어갔다. 나와 마렉은 돼지고기 립 피에로기를 선택했고, 아저씨는 양상추 버섯 피에로기를 선택했다. 먹기 전에 나는 아저씨 접시에 피에로기 한 개를 올려놓았다.

"아, 아니야. 난 돼지고기를 안 먹어."

아저씨는 징그러운 뱀이라도 보는 듯 손사래까지 치며 정색했다.

"이 맛난 돼지고기를 안 먹는다고요?"

마렉이 어이없다는 표정을 지으며 립 피에로기를 자기 접시로 가져갔다.

"유대인은 돼지고기를 먹지 않아."

"아…. 몰랐어요."

이자벨라 아줌마가 아기 돼지를 주며 마마와 파파의 승낙을 받아 오라고 했던 이유를 이제야 알게 되었다. 돼지우리를 만들어 준 마마와 파파는 물론이고 이자벨라 아줌마까지 고마웠다. 루르카를 루자 옆에 두게 한 데에는 아줌마의 많은 뜻이 담겨 있

---

* 피에로기: 우리나라의 만두와 비슷한 폴란드의 전통 요리.

었다.

"어서 먹자. 기차 탈 시간이 점점 가까워지고 있구나."

아저씨가 피에로기 하나를 입에 넣었다. 어느새 한 접시를 다 비우고 내 접시를 넘보는 마렉을 위해 한 접시를 추가했다.

"마렉, 그동안 체스 실력을 갈고닦으며 기다리마. 바르샤바로 돌아가기 전에 꼭 들러야 한다. 꼭이다."

"결투 신청을 받아들일게요."

마렉은 끝까지 으스댔다.

식사를 마치자 아저씨는 우리를 플랫폼까지 배웅해 주었다.

"우리 집은 여기다. 기차역에서 그리 멀지 않아 찾기 쉽단다."

아저씨는 집 주소가 적힌 쪽지를 마렉에게 내밀었다.

"어! 병원이네요. 의사 선생님이세요?"

"그래. 프와코비체까지는 1시간쯤 걸릴 게다. 마을에 내려 걷다 보면 개울이 나오고, 다리를 건너면 바로 프와코비체야. 빽빽하게 우거진 숲과 계곡으로 둘러싸여 있어 정말 아름다운 곳이지. 조심히 가거라."

의사 선생님은 끝까지 친절을 베풀고는 우리 곁을 떠나갔다.

다행히 기차가 제시간에 도착했다. 일이 순조롭게 풀려 나갔다. 꽤 많은 사람이 기차에서 내렸고 올라탔다. 우리는 이번에도 맨 뒤 칸에 올라탔다. 마렉이 내 뒤를 바싹 따라붙었다. 빈자리가 없어 맨 뒤 벽에 몸을 기대었다. 모든 좌석이 기차가 달리는 쪽을 향해 있어 마음이 한결 편했다.

열어 놓은 창에서 불어오는 바람이 더위를 식혀 주었다. 트랙터를 몰고 밭을 가는 아저씨 뒤를 커다란 개 두 마리가 쫓으며 컹컹 짖었다. 쇼팽도 만날 파파 뒤를 쫓아다녔었다. 잠시 일손을 멈춘 아저씨가 기차를 향해 손을 흔들었다. 마마와 파파를 따라 감자밭에서 과수원으로, 당근밭으로, 밀밭까지 가 김을 매고 온 날은 온몸이 땅속으로 꺼질 듯 무거웠다. 몸을 씻고 나서 저녁을 먹고 침대에 누우면 천근만근인 몸이 깃털처럼 가벼워져 10초 안에 꿈나라로 넘어갔다.

마마와 파파는 육체의 고단함이 영혼을 가볍게 만들어 준다고 했다. 오늘은 마음에다 바윗덩이를 매단 마마와 파파는 쉽게 잠들지 못할 것이다.

"마마와 파파가 지금쯤이면 편지를 읽었겠지."

"나랑 같이 왔으니 안심하실 거야."

"상의할 걸 그랬나…."

"그랬다면 두 분이 따라나섰을걸. 과수원 일은 어쩌고."

마렉 말대로 지금은 한창 바쁠 때다. 사과 과수원은 자고 나면 풀이 무성해지고 가지가 웃자란다. 특히 열매 솎아 내기는 때를 놓치면 안 된다. 마마와 내가 손이 닿는 아랫부분에서 솎아 내기를 하면 파파는 사다리를 타고 올라가 열매를 솎아 냈다. 감자밭의 콜로라도 감자 잎벌레도 매일 잡아야 하니 할 일이 태산이었다. 애써 변명거리를 찾아 죄송함을 떨쳐 냈다.

"우리가 빨리 돌아가는 게 도와주는 일이야. 오늘 밤이라도 당장 돌아가면 되잖아."

마렉 말이 맞았다. 마렉과 얘기를 나누니 불안한 마음이 조금 누긋해졌다.

"현수 형을 찾으면 어쩔 거야?"

"왜 도망쳤는지부터 물어봐야겠지."

"북한으로 갈 거면 도망치지 않았겠지? 오스트리아를 통해 미국으로 가려 했을까?"

"…."

대답 없는 내 눈을 따라 마렉이 창밖으로 눈길을 돌렸다.

기차는 힘차게 초록 들판을 내달렸다. 드넓은 들판에 꼿꼿이 고개를 쳐든 노란 해바라기가 대지를 가득 덮었다. 하늘과 맞닿은 초록 지평선이 휙휙휙 지나갔다. 아름드리나무가 빽빽이 서 있는 숲속으로 기차는 빨려 들듯 들어섰다. 간간이 집이 보이기도 했지만 사람이 살기는 할까 염려될 만큼 울창한 숲이 연속해서 나타났다.

아마도 최 선생님은 곳곳에다 덫을 놓았을 것이다. 오빠가 최 선생님의 추측대로 비밀 양육원을 찾아갔을까? 모든 일이 순식간에 일어났고, 나는 낯선 곳으로 가고 있다. 마치 꿈꾸듯이 말이다. 기차역에 현수 오빠가 기다리고 있다면 낯선 곳도 아주 반가

울 텐데. 낯설었던 폴란드가 마마와 파파가 있어 익숙한 곳이 되었듯이 말이다.

아리랑

드디어 나무 사이로 언뜻언뜻 들판이 보였다. 야트막한 둔덕에 노란 꽃들이 흐드러지게 피어 있었다. 코뿔소처럼 내달리던 기차가 서서히 플랫폼으로 들어서더니 멈춰 섰다. 기차에서 내린 사람은 우리를 포함해 세 명뿐이었다. 앞서 걷던 아줌마가 흘낏 뒤를 돌아보며 고개를 갸우뚱거렸다. 나는 얼른 모자챙을 코끝까지 당기며 발걸음을 늦췄다. 아줌마는 이내 시야에서 사라졌다. 나와 마렉은 천천히 대합실로 들어갔다.

"제레미!"

낯선 할머니가 달려오더니 뼈가 으스러지도록 나를 안았다. 풀풀 자릿내가 났다. 마렉이 할머니를 떼 내려 했지만 할머니는 완강했다.

"제레미, 엄마가 얼마나 기다린 줄 아니? 어디 갔다 이제 오니?"

나는 제레미가 아니라고 도리머리를 해 보였지만 할머니의 팔 힘은 점점 세졌다. 영원토록 나를 놓아 주지 않겠다는 듯이.

"제레미, 네가 좋아하는 빵과 쿠키를 잔뜩 구워 놓았다. 집으로 가자."

"할머니, 얘는 제레미가 아니라니까요."

마렉이 수습에 나섰지만 눈을 부릅뜬 할머니를 막아설 수 없었다. 할머니는 현재의 자신을 잃어버리는 바람에 미래로는 단 한 발짝도 나아가지 못한 채 과거의 어느 순간에 멈춰 서 버린 것 같았다.

마렉이 내 팔을 끌었다. '아무리 바빠도 울부짖는 사람을 외면해선 안 되지. 안 되고말고.' 마마와 파파 목소리가 내 귓가를 맴돌았다. 할머니를 잃어버린 가족들은 얼마나 애가 탈까. 좀 돌아가더라도 할머니를 가족에게 데려다주는 게 지금 내가 할 일 같았다.

"그러다 어느 세월에 형을 찾으려고. 집에 안 돌아갈 거야?"

마렉이 신경질을 부렸다. 애꿎은 돌멩이를 뻥뻥 차 댔다. 급기야 할머니가 폴란드인과 거리가 먼 나를 제레미라 부르는 게 사기 수법이라며 우겼다. 내가 못 들은 척하자 마렉은 돌아갈 기차 시간을 확인해야겠다며 역무원에게로 휙 가 버렸다.

"할머니, 집으로 가요."

할머니는 가는귀가 먹어 큰 소리로 말해야 겨우 알아들었다.

"브로츠와프행 막차가 5시 30분에 있대. 몇 시간 안 남았으니까 빨리 할머니를 데려다드리자."

마렉이 미간을 찌푸리며 서둘렀다. 우리 둘의 실랑이와는 상관없이 할머니는 즐거워 보였다. 이마와 눈 밑, 인중에 잡힌 주름이 웃을 때마다 물결처럼 일렁였다.

"할머니, 집이 어디세요? 제가 데려다 드릴게요."

"제레미, 엄마를 할머니라 놀리니 기분이 좋으냐?"

할머니는 뾰로통하게 말했지만 표정은 해맑았다.

할머니가 이끄는 대로 대합실을 나섰다. 부리부리한 눈을 홉뜬 건장한 민머리 사내가 마차에서 내려 득달같이 달려왔다. 밭에서 일을 하다 왔는지 장화에 묻은 검은 흙이 뚝뚝 떨어졌다.

"엄마!"

민머리 사내의 고함에 할머니가 무릎을 꿇고 싹싹 빌었다.

"제레미를 데려가게 해 주세요. 제발 부탁입니다."

"으이그, 지긋지긋해. 엄마 때문에 동네 창피해서 못 살겠다고요."

사내의 짜증 섞인 목소리가 커졌다.

"마차를 얻어 탈 요량으로 수작 부린 건 아니겠지?"

민머리 사내는 상대를 기분 나쁘게 만드는 혀를 가지고 태어난 모양이었다. 계속해서 부정적인 말을 내뱉어 마렉마저 화나게 만들었다.

"할머니가 우릴 억지로 끌고 왔거든요. 우리도 갈 길이 멀다고
요."

"너희 양육원 가는 거 아니었어?"

"그걸 어떻게 알았어요?"

놀란 마렉이 되물었다.

"북한 애가 갈 곳이 뻔하지. 지지리 운도 없지. 양육원이 전쟁터
일 때 왔구나. 은혜도 모르는 쥐새끼 같은 놈 둘이 감쪽같이 도
망쳐 버렸거든. 혹시 오는 길에 못 봤냐?"

사내의 물음에 우리 둘은 고개를 내저었다.

"양육원에는 무슨 일로 가냐? 혹시 너도 도망쳤냐?"

뜨끔했다. 얘는 그런 애 아니라며 마렉이 수습에 나섰다.

"사촌 형을 만나러 왔습니다."

나는 전쟁 때 헤어진 친척 형이 여기 있어서 방학을 맞아 보러
왔다고 둘러댔다. 얼굴만 보고 돌아가러 힌다는 거짓말에 사내가
고개를 주억거렸다. 사내가 할머니를 안아 마차에 태웠다.

"우리 집이 그쪽이니 타든지 말든지. 난 간다."

마렉은 상황이 좋지 않다며 마차를 타선 안 된다고 속삭였다.

"제레미, 제레미를 태워야 해."

할머니가 허둥지둥 마차에서 뛰어내렸다. 민머리 사내가 발을
텅텅 구르며 있는 대로 신경질을 부렸다. 차마 할머니의 애원을
외면할 수 없기도 했지만, 양육원으로 가는 마차니 타고 가자고

마렉을 설득했다. 마렉이 한숨을 폭폭 내쉬며 마차에 올라 사내 옆에 털썩 주저앉았다. 사내가 고삐를 힘껏 내리쳤다. 기다리다 봉변을 당한 말이 히이잉 성질을 부렸다.

민머리 사내는 할머니가 전쟁 이후부터 잠 안 자는 병에다, 하루 종일 걸어 다니는 병에 걸렸다며 투덜거렸다. 지금까지 지구를 열 바퀴쯤 돌아다녔다고 허풍을 떨었다. 전쟁 때 죽은 막내아들 제레미를 찾느라 그런다고 했다. 사내가 뒤를 돌아보면서 지긋지긋하다며 몸서리칠 때는 나까지 몸서리가 쳐졌다. 아무리 치매에 걸렸대도 할머니가 듣고 있는데 사내는 거침없이 혀를 놀렸다. 다행히 할머니는 눈을 감고 있었다. 내 손을 꼭 쥔 채 내 어깨에 머리를 기대었다. 할머니는 이내 크렁크렁 코를 골았다. 사내가 별일이라는 듯 뒤돌아보며 고개를 갸웃거렸다.

"아악, 살려 주세요. 제발 살려 주세요."

악몽에 시달리는지 할머니가 두 손을 싹싹 빌며 잠꼬대를 했다. 그러다 불현듯 깨서는 끔벅끔벅, 게슴츠레한 눈으로 나를 확인하고는 도로 눈을 감았다. 할머니는 마치 겨울잠을 자다 깬 다람쥐처럼 잔뜩 잠에 취해 있었다.

"에그그. 지긋지긋하다."

민머리 사내가 지긋지긋하다는 말을 내뱉을 때마다 귀를 막고 싶을 정도로 기분이 나빠졌다. 사내는 친절함을 아주 많이 배워야 했다. 나긋나긋한 말투와 입꼬리가 살짝 올라간 입매가 사람을 얼마나 행복하게 만드는지 사내가 알았으면 좋겠다.

마차는 하늘까지 닿을 듯한 나무가 성벽처럼 서 있는 깊은 숲으로 들어섰다. 순간적으로 바벨의 땅으로 들어가는 착각마저 들었다. 드문드문 붉은 지붕이 보였지만 마치 세상과 분리된 또 다른 세상 같았다.

"총성이 멎었다고 전쟁이 끝난 줄 알지. 홍. 전쟁이 끝나고부터가 본격적인 전쟁이란 걸 알아야 해. 너희 같은 애송이가 이 지긋지긋한 전쟁을 어찌 알겠냐만. 총은 그 자리에서 사람을 죽였지만, 상처는 지금까지 사람의 영혼을 야금야금 파먹고 있어. 그렇게 가족을, 다른 사람을 절망의 늪 속으로 빠트려 버려. 그게 사람을 미치게 만든다니까. 빌어먹을."

사내가 잠든 할머니를 흘낏 노려보며 이죽거렸다. 할머니는 전쟁 때 죽은 부모와 남편, 막내아들 제레미를 잃어버린 고통으로 여전히 전쟁 중이라고 했다. 오늘처럼 낯선 아이를 제레미라고 우겨 집으로 데려올 때마다 자신은 지옥에 살게 된다고 불뚝성을 냈다. 전쟁이 한 가정을, 한 마을을, 결국 국가까지 파괴할 거라며 지긋지긋하다는 말을 빼먹지 않았다. 사내는 한시도 혀를 가만두지 않았다. 말을 안 할 때마저 휘파람을 불었다. 그나마 휘파람 소리는 들을 만했다.

냇가에 다다른 마차는 다리 위를 건넜다. 자갈이 훤히 보일 만큼 물이 맑았다. 먹 감는 아이들이 우릴 보고 손을 흔들었다. 나도 손을 흔들었다. 감자꽃이 만발한 감자밭은 눈이 내린 듯 하얬다. 콜로라도 감자 잎벌레를 잡느라 쪼그려 앉은 어른들과 아이들이 보였다. 마마와 파파는 잎벌레를 잡는 대신 한숨을 푹푹 내쉬며 내가 돌아오기를 간절히 바랄 것이다.

어제오늘 일이 까마득하게 느껴졌다. 할머니는 내 어깨에 머리를 묻고 잠들었지만 여전히 내 손을 놓지 않았다. 슬쩍 빼내려다 할머니가 번쩍 눈을 뜨는 바람에 땀이 흥건한 손을 그대로 두었다.

"혹시, 양육원에 있는 친척 형을 불러 줄 수 있겠습니까?"

"내가 알아봐 주면, 넌 뭘 해 줄래? 마차를 얻어 탄 것도 감지덕지 아니냐. 세상에 공짜는 없는 법."

"감자밭이 있다면 콜로라도 감자 잎벌레를 몽땅 잡아 드리겠습니다."

"전쟁 때 무릎을 다쳐 쪼그려 앉기가 끔찍하게 싫은데 잘됐다. 네 친척 형을 데려올 테니, 잎벌레를 싹 다 잡아 놓아라. 할머니가 딴 데 못 가게 감시도 하고. 형 이름은 내가 양육원 갈 때 종이에 적어다오. 북한 이름은 어려워서 기억할 수가 있어야지. 이랴!"

사내가 고삐를 내리쳤다. 날아든 불화살에 말발굽 소리가 재빨라졌다. 나는 할머니가 떨어지지 않도록 오른팔로 할머니를 감싸 주었다. 푸푸, 반쯤 벌어진 입으로 숨을 내쉬며 깊은 잠을 자는 할머니 얼굴이 평온했다. 잠든 줄 알았던 마렉이 뒤를 돌아보며 인상을 찌푸렸다. '내 말 안 듣고 마차를 타더니 꼴좋다.' 하는 표정이었다.

휘파람을 부는 민머리 사내의 기분이 좋아 보였다. 사내가 양육원의 내력을 들먹였다. 애초에 귀족이 사는 성이었다가 그리스 전쟁고아들이 살았고, 그다음에는 정신병원이었다가, 지금은 북한 고아들이 살고 있다고 했다.

"제레미, 너에게만 말하는 건데…."

민머리 사내가 자연스럽게 나를 제레미라 불렀다. 이렇게 선심 쓰듯 말하는 사람을 조심해야 한다. 이런 사람은 누구에게나 똑같이 호의를 베푸는 척한다. 허풍선이거나 떠버리일 확률이 높다.

"뭔데요?"

잠자코 있던 마렉이 물었다.

"여긴 비밀 양육원인 거 알지?"

음악 선생님께 들어 알고 있었지만 모른 척했다.

"여기서 일하려면 누구든 비밀 서약서를 써야 했지. 양육원에 관한 그 어떤 것도 살아 있는 동안에는 절대 입 밖으로 내지 않겠다는 맹세의 서약서."

"비밀 양육원에 비밀 서약서라니, 처음 듣는 말인데요."

마렉은 구미가 당기는지 추임새를 넣으며 사내의 이야기를 끌어냈다.

사내는 양육원 주방에서 일하는 아내와 양육원에 음식 재료를 대는 자신도 비밀 서약서를 썼다고 했다. 우리의 관심이 흡족했던지 사내는 고아들이 개울로 소풍을 가 수영을 즐겼고, 숲으로 가 고사리를 잔뜩 꺾어 온 일을 회상했다. 펄펄 끓는 물에 데친 고사리를 무쳐 먹었는데, 어찌나 맛있는지 입안에서 살살 녹았다며 입맛을 다셨다. '엄마, 아버지, 밥'이라는 한글도 배웠다며 자랑을 늘어놓았다. 비밀 양육원이었지만 아이들과 마을 사람들이 꽤 친하게 지낸 모양이었다.

"고아들이 곧 북한으로 돌아간다던데, 너도 가나?"

"돌아갑니다."

"쯧쯧쯧. 다 돌아가면 그 애만 남겠군."

민머리 사내의 혼잣말이 깔끄러웠다.

"그 애만 남다니요? 남을 수도 있어요?"

마렉이 다소 놀란 듯 물었다. 나 역시 놀랐다.

"죽었으니까 남을 수밖에. 3년 전에 병에 걸려 죽었거든."

사내의 대답에 우리는 그만 입을 다물고 말았다.

"브로츠와프에 있는 병원까지 갔지만 끝끝내 살리지 못했지. 그 애를 살리려고 의사가 사방팔방으로 뛰어다니며 피를 구했지만 말이다. 나도 그때 피를 잔뜩 나눠 줬는데…. 죽은 놈만 안됐지 뭐. 그 애가 마누라랑 친해 우리 집에도 가끔 놀러 왔었지. 노래도 잘 부르고 춤도 어찌나 잘 췄는지 몰라. 아리랑, 아리랑 아라리요…. 아리랑 아리랑…."

사내가 부르는 아리랑 소리에 할머니가 번쩍 눈을 떴다. 주름이 자글자글한 입술을 오물거리며 노래를 따라 불렀다. 아리랑을 흥얼거리는 할머니 발음이 정확했다. 나도 따라 불렀다.

"아리랑, 아리랑 아라리요. 아리랑 고개로 넘어간다. 나를 버리고 가시는 님은 십 리도 못 가서 발병 난다."

"발병 난다."를 부르는데 목이 멨다. 오빠가 날 버리고 가 버린 님 같았다. 나는 오빠가 십 리도 못 가서 발병 나기를 바라지 않는다. 최 선생님이 찾을 수 없는 곳에 꼭꼭 숨어 있기를 바랄 뿐이다. 한 손으로 장단을 맞추던 할머니가 "아리랑 아리랑 아라리요."를 반복해서 흥얼거렸다. 그전에 아리랑을 부를 때는 흥에 겨워 어깨가 들썩거렸는데, 오늘은 천천히 불러 그런가 아주 슬픈 가락이 되고 말았다. 마렉이 흘끔흘끔 뒤돌아보았다.

"혹시, 그 애 무덤이 어디 있는지 아세요?"

마렉이 나 대신 물었다.

"나야 모르지. 브로츠와프 시내에 있다고 했나?"

"알 수 있을까요?"

"알아볼 테니, 우선 우리 집으로 가자. 이래 봬도 내가 양육원의 높은 사람들하고 엄청 친하거든."

으스대는 모양새가 마렉과 닮았다.

"저기가 양육원이다."

사내의 손끝에 둥근 지붕 위로 새들이 날았다.

마차는 마을 초입에 있는 나무로 둘러싸인 학교를 지나 골목으로 들어섰다. 길을 따라 길게 서 있는 돌담 너머로 대저택이 보였다. 바르샤바 시내의 문화과학 궁전이나 빌라노프 궁전처럼 화려하지는 않았지만 오래된 성처럼 웅장했다. 마당이 엄청 넓었다. 닫힌 대문을 타고 넝쿨 장미가 빨갛게 피어 있었다. 양육원 뒤로 집들이 보였고 그 뒤로 깊은 숲이 펼쳐져 있었다.

마차는 양육원에서 걸어서 열 발짝쯤 떨어진 맞은편 집 앞에서 멈춰 섰다. 마차에서 훌쩍 뛰어내린 마렉이 대문을 열었다. 흡족한 사내 입꼬리가 스르륵 올라갔다. 마당에는 꽤 많은 닭이 주변을 헤집고 다녔다.

"고아들이 돌아가면 달걀이 남아돌겠어. 으이그, 지긋지긋해."

민머리 사내가 말을 끌고 마구간으로 가며 투덜거렸다.

"멀뚱멀뚱 서 있기만 할 거냐. 공짜로 타고 왔으면 값어치를 해야지. 양육원에다 음식 재료를 갖다줘야 해."

사내의 불화살이 쏟아졌다. 마렉이 마구간으로 뛰어갔다. 나는 할머니를 따라 닭장으로 종종걸음을 쳤다.

둥지에는 하얀 달걀이 수북했다. 달걀을 바구니에 담은 할머니가 닭장을 나와 나무가 우거진 풀밭으로 갔다. 참나무 아래 무성한 풀을 헤집자 달걀 다섯 개가 놓여 있었다. 할머니는 암탉이 어디에다 달걀을 낳았는지 척척 찾았다. 정신이 말짱해 보였다.

"제레미, 친척 형 이름이 뭐랬지?"

사내가 뒤꼍에서 손수레를 끌고 나오며 소리쳤다. 손수레에는 감자와 당근이 실려 있었다. 나는 달걀 바구니를 손수레에 올려 놓으며 종이에 '김현수'라는 한글 이름을 적고 그 밑에다 폴란드 발음까지 적어 민머리 사내에게 주었다.

"김, 현, 수. 들어 본 것 같은데?"

사내가 종이를 접어 바지 뒷주머니에 넣으며 고개를 갸웃거렸다. 툴툴댔지만 조금 호의적으로 변한 사내 태도에 마렉도 한결 편안해졌다. 사내가 마당을 나서며 감자밭의 콜로라도 감자 잎벌레를 싹 잡아 놓으라며 은근히 명령을 내렸다.

민머리 사내가 양육원으로 들어가는 걸 확인한 마렉은 동네를 둘러보고 오겠다며 집을 나섰다. 나는 임무를 완수하기 위해 감자밭으로 갔다. 할머니가 따라왔다. 할머니는 내 옆에 붙어 앉아 잎벌레를 잡았다. 할머니는 스테판 할아버지처럼 느릿느릿했다. 그러다 꼬박꼬박 졸았다. 집에 가서 주무시라고 했지만 소용없었다. 제레미가 된 내가 떠나면 할머니는 또다시 잠들지 못하겠지. 전쟁이 끝났다고 끝이 아니라 그때부터가 시작이라는 민머리 사내의 말이 와닿았다.

감자 잎벌레가 담긴 통이 반쯤 찼을 때까지도 마렉은 돌아오지 않았다. 손을 보탤 거라는 생각은 하지 않았지만 낯선 동네를 휘젓고 다니다 사고를 칠까 봐 걱정되었다. 할머니는 나뭇가지에 앉아 조는 새처럼 연신 코방아를 찧었다.

"제레미? 제레미?"

마렉이 아닌 민머리 사내가 득달같이 달려왔다. 죽이 든 양동이를 향해 달려드는 루르카같이 몹시 흥분한 상태였다. 화들짝 놀라 잠에서 깬 할머니가 내 손을 꼭 잡았다. 사내는 다짜고짜 나를 집 안으로 데려갔다.

"제레미, 양육원에 갔더니 바르샤바에서 온 북한 총책임자가 와 있더라. 여기서 도망친 두 놈 때문에 온 줄 알았는데 그게 아니었어."

최 선생님이 양육원에 도착한 모양이었다. 꽤 쓸 만한 정보였다. 침을 삼키는 사내의 목울대가 쿨렁댔다.

"바르샤바에서 도망친 놈 때문이었어."

어찌나 바짝 얼굴을 들이대는지 한 달은 양치를 하지 않은 듯한 냄새가 확 풍겼다. 구역질이 나오려는 걸 침을 삼켜 진정시켰다.

"도망친 놈이 네가 찾던 김현수더라. 너 뭐야? 걔가 도망친 거 알고 온 거지?"

"아닙니다. 바르샤바에 있었는지도 몰랐습니다. 줄곧 여기 사는 줄 알았습니다."

"여기 살다 바르사뱌에 있는 양육원으로 갔었는데, 그곳에서 사고를 크게 친 모양이야. 그놈을 잡아야 한다고 눈에 불을 켜고 있어. 시내까지 감시원을 쫙 깔아 놨다더라. 너도 도망친 거지?"

"아닙니다."

사내는 의심의 눈길을 거두지 않았다. 현수 오빠 얘기를 괜히 했다는 후회가 몰려왔다. 순풍에 돛 단 듯 술술 풀리는가 싶었는데 금세 질투의 신이 훼방을 놓아 버렸다. 마렉 말대로 마차를 타지 말아야 했다. 마렉 녀석 어디 간 거야. 짜증이 올라왔다. 브로츠와프로 돌아가 의사 선생님 도움을 받아야 하나, 여러 생각이 동시에 떠올랐다. 배낭을 챙겼다.

"제레미, 안 된다. 제레미, 지금 가면 위험해."

할머니가 앞을 막아섰다. 급기야 나를 안았다. 작은 몸집에서 뿜어져 나온 괴력에 옴짝달싹할 수 없었다.

"그놈은 반드시 이리로 오게 돼 있어."

"왜죠?"

"동생. 귀덕이가 여깄으니까."

최 선생님이 오빠가 여기에 올 거라고 확신한 이유가 동생 때문이었구나! 오빠는 동생 얘기를 한 적이 없었다. 음악 선생님도 동생에 대해서는 모르는 것 같았다.

"집사람이 퇴근 시간에 귀덕일 데려올 거야."

"정말입니까?"

"그래. 지금부터 넌 외출 금지야. 총책임자가 도망친 놈들을 붙잡느라 혈안이 돼 있으니, 숨어 있는 게 신상에 좋을 거다. 마렉은 어디 갔냐?"

감자밭에 같이 있다가 조금 전 화장실에 갔다고 둘러댔다. 다행히 사내가 내 말을 믿었다.

"제레미, 배고프지? 엄마가 네가 좋아하는 피에로기를 만들어 줄게. 고기를 잔뜩 넣어 주마."

할머니가 그릇에 밀가루를 풀고 싱싱한 계란 두 개를 깨트려 넣고는 치댔다. 소시지가 끼워진 기다란 쇠꼬챙이를 든 사내는 장작불에 구워 오겠다며 밖으로 나갔다. 할머니는 반죽에서 한 덩이를 떼어 내 동글동글하게 굴리고는 얇게 폈다. 나는 반죽 안에 다진 고기를 잔뜩 넣고는 반으로 접어 가장자리를 엄지와 검지로 꼭꼭 눌렀다. 할머니는 화덕 위에 냄비를 올려놓고 물을 끓이면서 나를 돌아봤다. 내가 웃자 할머니도 웃었다. 지금으로서는 귀덕이를 만나는 게 최선이다. 민머리 사내를 믿어 보기로 했다.

민머리 사내가 쩍쩍 벌어진 구운 소시지를 들고 왔을 때는 피에로기가 담긴 냄비도 뜨거운 김을 내뿜었다. 다행히 마렉이 사내 뒤를 따라 들어왔다. 개울에서 멱이라도 감고 온 듯 머리카락에서 땀방울인지 물방울인지가 뚝뚝 떨어졌다. 마렉이 내 옆으로 오더니 양육원에 갔다 왔다며 속삭였다. 할 말이 많았지만 우선 허기부터 달래기로 했다. 피에로기와 삶은 감자와 소시지까지 식탁 가득 진수성찬이 차려졌다. 잘 익은 소시지가 입안에서 살살 녹았다. 마마가 만들고 파파가 모닥불에다 구워 낸 소시지만큼이나 맛있었다. 걸신이라도 들린 양 마렉도 허겁지겁 소시지를 먹었다.

식사를 끝내고 설거지를 하는데 마렉이 슬쩍 다가왔다. 양육원 돌담을 빙 둘러 갔다가 호수와 숲 근처에서 개구멍을 발견했고, 그 구멍을 통해 양육원에 들어갔다고 했다. 뒷마당에는 그네를 타는 아이들이 있었지만 말을 건네지는 못했다며 아쉬워했다.

"최 선생님이 오셨대. 봤니?"

"아니. 양육원에 트럭 두 대가 와 있는 건 봤어. 내일 송환되나 봐. 비밀 양육원인데도 아이들이 꽤 많이 있는 것 같아."

트럭이라는 말이 거대한 바위인 양 가슴을 짓눌렀다. 엄마를 기다렸던 나는 강제로 트럭에 태워져 북한으로 갔다가 소련을 거쳐 폴란드까지 오게 되었다. 지금 트럭은 아이들을 북한으로 데려가려고 기다리고 있다.

"현수 오빠 동생 귀덕이가 여기 있어. 오늘 밤에 양육원 주방에서 근무하는 아줌마가 귀덕이를 데려온대."

"가짜를 데려오면 어쩌려고."

"설마, 그렇게까지 하겠어."

"설마가 사람 잡는 거 몰라? 현수 형에게 동생이 있는지부터 확인해야겠다. 오늘 밤 양육원에 가 보자."

나는 고개를 끄덕였다. 집을 떠나온 후로 자꾸 마렉 말에 귀를 기울이고 있었다. 마렉의 눈동자를 바라보며 맞장구치는 내가 낯설지만 나는 언제부턴가 마렉에게 의지하고 있었다.

아직 아줌마가 돌아오려면 두 시간이나 남았다. 할머니가 연신 하품을 해 대며 꾸벅꾸벅 졸자, 덩달아 하품이 나왔다. 배가 부르니 피곤이 파도처럼 몰려왔다.

"귀덕이가 올 때까지 눈 좀 붙이고 있자."

마렉도 고단한지 눈을 슴벅였다. 할머니가 나를 방으로 데려가 창가 빈 침대에 앉혔다. 마렉이 따라 들어오자 할머니는 자기가 제레미와 자야 한다며 마렉을 내쫓았다. 마렉은 옆방으로 갔다.

내가 침대에 눕자 할머니도 침대에 누웠다. 어젯밤부터 지금까지 누운 적 없는 내 몸이 이내 솜털처럼 가벼워졌다. 오빠와 마마 파파에 대한 걱정마저 가물가물해졌다.

얼마의 시간이 지났을까? 눈을 떴는데 방 안이 컴컴하고 할머니의 코 고는 소리가 요란했다. 방 밖으로 나와 보니 거실도 암흑이었다. 마렉을 깨우려고 옆방으로 갔지만 침대가 비어 있었다. 저 혼자 양육원으로 간 모양이었다. 살금살금, 거실을 나와 마당에 서자 밤하늘은 별밭이었다. 마마와 파파네서 바라보던 밤하늘을 이리로 옮겨다 놓은 것처럼 아름답게 빛났다. 내 걱정으로 잠들지 못했을 마마와 파파도 이 별을 보고 있을까.

'마마 파파, 곧 돌아갈게요.'

"무조건 데려오랬지?"

민머리 사내의 감때사나운 소리에 퍼뜩 정신이 들었다.

"이놈의 여편네야, 배가 아파 혼자서는 못 걷겠으니 데려다달라고 거짓말하랬지. 날 골탕 먹이려고 일부러 그런 거지? 이게 정말."

사내가 주먹질을 해 대자 신음이 터져 나왔다. 사내는 갖가지 욕을 퍼부으며 주먹을 휘둘렀다. 여자의 신음과 흐느낌이 점점 커졌다.

"더 맞아야 정신 차리겠어. 더 때려 줄까?"

"잘못했어요…."

"기회를 한 번 더 주겠어. 내일은 꼭 데려와. 알겠어?"

사내가 다그쳤다. 나쁜 놈, 욕이 나왔다. 할머니가 무릎을 꿇고 싹싹 빌던 모습이 떠올랐다. 사내는 자신의 아내에게 휘두르는 폭력을 할머니에게도 휘둘렀을 것이다. 가족에게 당하는 폭력은 몸뿐만 아니라 마음에도 큰 고통과 충격으로 다가올 것이다. 사내의 아내가 저항조차 못 하는 걸 보면 말이다. 전쟁은 할머니 때문이 아니라 사내 때문에 영원히 끝나지 않을 것 같았다. 사내가 아내를 끌고 집 안으로 들어갔다. 아내에게 손찌검까지 하면서 귀덕이를 데려오려는 민머리 사내의 속내가 의심스러웠다. 마렉이 사내의 악한 행동을 봤다면 당장 이 집을 나가자고 윽박질렀을 것이다. 마렉 대신 둥근 달이 사내의 폭력을 지켜보고 있었다.

양육원에 가려고 나섰지만 사위가 너무 어두워 엄두가 나지 않았다. 사내에게 들키기 전에 마렉이 돌아왔으면 좋겠다.

김귀덕

"제레미, 잘 잤니? 아침 먹자."

아침이라니! 후다닥 방을 뛰쳐나갔다. 할머니가 아침상을 차리고 있었다. 사내가 보이지 않았고, 사내의 아내도 벌써 양육원으로 출근한 모양이었다. 이 중요한 시점에 잠이나 퍼질러 자다니, 내 자신이 한심해 머리를 쥐어박았다. 역시나 마렉의 침대는 비어 있었다. 어젯밤에 들어오지 않은 건지 벌써 나간 건지 조바심이 일었다. 잡힌 건 아니겠지. 마렉의 배낭이 그대로 있어서 그나마 안심되었지만 여전히 불안했다.

바로 그때, 양육원 철문이 열렸다. 아이들을 태운 트럭 두 대가 천천히 나왔다.

"마마 파파, 저는 여기서 살고 싶어요."

사내아이가 울부짖었다.

"마마, 파파, 여기서 살게 해 주세요."

다른 아이들도 일어나 울부짖었지만, 트럭은 곧장 양육원을 떠났다. 나도 일주일 후면 트럭을 타야겠지.

여름방학이 끝나 양육원으로 돌아갈 때마다 마마와 파파가 나의 엄마와 아빠였으면 좋겠다고 생각했었다. 마마와 파파의 진짜 가족이 되고 싶었다. 헤어지지 않고 영원히 함께 살 수 있는 가족. 이런 생각을 하다 엄마와 순분이 순철이에게 미안한 마음이 들었다. 트럭을 타고 북한으로 가는 아이들도 나와 같은 마음일까? 저 아이들은 아장아장 걷기 시작할 때쯤 폴란드에 왔으니 이제는 북한이 낯선 곳이 돼 버렸을 터였다. 자신을 돌봐 준 마마와 파파와의 이별이 슬프고 무서울 테니까.

이 모든 일의 출발점에 전쟁이 있었다. 전쟁은 내가 엄마를 기다릴 수 없게 만들었고, 생명을 보호한다는 명분으로 나를 강제로 트럭에 태워 버렸다. 그렇게 나는 엄마와 가족과 헤어지고 말았다. 그리고 여기에 서 있게 되었다.

"순례야, 여기서 꼼짝 말고 기다려야 해."

먹을 걸 구해 오겠다며 엄마가 아기를 내 품에 안기고는 다리 밑을 빠져나갔다. 배고픈 아기가 자지러지게 울었다. 아기의 울음을 달래기 위해 엄마의 빈 젖 대신 때가 까맣게 낀 새끼손가락을 아기의 입안으로 밀어 넣었다. 아기의 울음이 단박에 멎었다. 쪽쪽, 내 손가락을 빠는 힘이 드셌다. 이내 거짓임을 알아차린 아기가 울음보를 터트렸다. 아기를 안고 얼렀지만 울음소리는 그치지 않았다. 아기 울음소리에 투덜거리는 목소리가 희미하게 들렸다. 잠든 순분이와 순철이 얼굴 위로 파리들이 해찰을 부렸다. 쫓을 엄두가 나지 않았다. 투덜거림에 떠밀려 다리 밑을 나왔다. 하늘이 파랬다. 구름 한 점 없는 하늘을 올라다보며 눈을 감았다. 따가운 햇살이 얼굴로 쏟아졌다. 머리와 몸이 핑핑핑 돌았다. 세상이 노랗게 보였다. 하마터면 아기를 떨어뜨릴 뻔했다.

콰과광 쾅쾅, 귀청을 찢는 소리에 쪼그려 앉았다. 비행기가 다리 위로 폭탄을 떨어뜨렸다. 다리 밑에 있던 사람들이 뛰쳐나오며 비명을 질렀다. 아기를 안은 나는 다리 밑을 향해 달렸지만 우악살스러운 손에 의해 어딘가로 끌려갔다. 콰과광, 비행기는 연신 폭탄을 쏟아 내고는 사라졌다. 하늘은 다시 파랬다. 아무 일도 일어나지 않은 듯 시치미를 뗐다. 무너져 내린 다리가 커다란 무덤처럼 쌓여 있었다.

"순분아, 순철아."

멀리 도망쳤을 거야. 나는 흐르는 눈물을 닦으며 생각했다. 정신을 차리고 아기를 살폈다. 너무 배가 고픈 아기는 지쳤는지 잠들어 버렸다. 울지 않아 다행이었지만 축 늘어진 아기가 너무 무거워 팔이 떨어져 나갈 지경이었다.

"얘야, 여기서 뭐 하니?"

트럭에서 내린 군인이 물었다.

"엄마를 기다려요."

"이리 오너라. 내가 엄마를 찾아 주마."

"엄마가 여기서 꼼짝 말고 기다리랬어요. 저 다리 밑에서 순분이와 순철이가 잠자고 있었어요."

"동생들은 트럭을 타고 엄마를 만나러 갔단다. 아기를 다오."

냉큼 아기를 군인에게 맡기자 살 것 같았다. 옆에 있던 군인이 나를 번쩍 안아 트럭에 태웠다. 여기서 엄마를 기다려야 한다고 발버둥 쳤지만 군인은 막무가내였다. 트럭에는 이미 많은 아이들이 타고 있었지만 순분이와 순철이는 없었다.

"아저씨, 아기 주세요."

"깊이 잠들었으니 내가 안고 가마."

군인이 아기를 안고 트럭 앞쪽으로 가 버렸다. 이내 트럭이 움직였다. 짐을 머리에 이고 진 사람과 짐을 산더미처럼 실은 수레가 어딘가로 꼬리에 꼬리를 물었다.

"제레미, 어서 나오너라."

할머니 목소리에 과거로 가 있던 나는 현재로 돌아왔다. 오래전 기억이 어제 일처럼 또렷하게 떠올랐다. 방을 나와 식탁으로 갔다. 할머니에게 마렉이 어디 갔는지 아느냐고 물었지만 잘 모르겠다고 했다. 일단 텅 빈 배를 채웠다. 빵에다 딸기 잼을 듬뿍 발랐다. 단 게 들어가야 머리가 돌아갈 것 같았다. 마렉이 나 대신 사내에게 이끌려 도살장이 아닌 감자밭으로 가 콜로라도 감자 잎벌레를 잡고 있으면 좋으련만.

불안과 두려움은 전염병처럼 전파되는지 할머니 눈동자가 어지럽게 흔들렸다. 연신 하품을 하면서도 내려앉는 눈꺼풀을 치켜뜨려 애쓰는 할머니가 안쓰러웠다. 아무래도 할머니를 안심시켜야 할 것 같아 방으로 들어가 침대에 누웠다. 할머니는 침대 끝에 걸터앉아 물끄러미 나를 바라보았다. 할머니를 내 옆에 눕혔다. 시큼털털한 냄새가 났지만 싫지 않았다. 다리 밑에서 맡은 엄마 냄새 같기도 했다. 땀과 눈물과 먼지가 뒤섞인 고단한 냄새였다. 온종일 밭이며 과수원에서 일하고 들어온 마마와 파파에게서도 이런 냄새가 났다. 마마는 웃통을 벗어 던진 파파가 엎드리면 펌프에서 길어 올린 물로 등목을 해 주었다. 밤이 되면 마마와 나는 햇빛에 데워진 물로 목욕을 했다. 가슴에 멍울이 생겨 아플 때, 첫 생리가 병인 줄 알고 엉엉 울 때도 엄마가 되는 축복이라고 마마는 나를 안아 주었다. 내가 트럭을 타지 않았다면 엄마가 마마처럼 나를 안아 주었겠지. 그렇죠, 엄마?

"아리랑을 불러 드릴까요?"

할머니는 이미 잠들었다. 그렇지만 아리랑을 부르고 싶었다.

"아리랑 아리랑 아라리요, 아리랑 고개로 넘어간다. 나를 버리고 가시는 님은 십 리도 못 가서 발병 난다. 아리랑 아리랑…"

악몽이 할머니의 평화를 빼앗지 않도록 삭정이 같은 할머니의 손을 내 가슴에 갖다 댔다. 마렉이 빨리 돌아왔으면 좋겠다.

행복할 때마다 나는 불안하고 초조했다. 이렇게 행복해도 될까 하는 염려가 내 행복을 갉아먹었다. 그래서 행복을 충분히 누릴 수 없었다. 행복하지만 불안하고, 불안해서 행복을 기다리는 나. 내 인생은 늘 이랬다. 오빠가 내 고백을 받아 줘서 행복했지만 이내 불안했다. 오빠가 나를 떠나면 어쩌나 전전긍긍했었다. 결국 불행해져 버렸다. 사건은 느닷없이 불쑥 찾아오는 것 같지만 이미 정해진 각본 같다. 오빠가 나를 떠난 것도 각본대로 움직였을 뿐이고, 당연히 나는 오빠를 찾아 나서는 여주인공이 되었다.

'오빠, 오빠는 지금 어디 있는 거야. 제발 나타나 줘. 나 다시 행복해지고 싶거든.'

시간은 더디게 흘렀다. 깊이 잠든 할머니에게 담요를 덮어 주고는 거실로 나왔다. 집은 무덤 속만큼 조용했다. 초조한 마음에 민머리 사내와의 약속을 어기고 마당으로 나갔다. 감자밭으로 갔지만 마렉도 사내도 없었다. 조짐이 심상치 않았다. 다시 집 안으로 들어와 의사 선생님 집 주소가 적힌 쪽지를 찾기 위해 마렉 배낭을 뒤적였다. 마렉이 바지 주머니에 넣고 갔는지 없었다.

"제레미!"

사내와 함께 마렉이 왔기를 기대하며 거실로 나갔다. 사내 혼자였다.

"게으름뱅이는 아직도 자니? 너 대신 밥값을 해야지. 마렉, 마렉!"

"이미 나갔나 봐요. 귀덕이는요?"

"오늘 밤에 데려올 거다. 마렉, 이 쥐새끼 같은 놈. 잘도 다니는 구나."

사내가 불같이 화를 냈다.

"나는 귀덕이를 데려오려고 안간힘을 쓰는데, 마렉이라도 내 일을 거들어야 하지 않겠니? 배은망덕한 놈."

사내가 입에 담을 수 없는 욕을 퍼부었다. 놀란 할머니가 달려와 내 귀를 막았다. 사내는 문을 부술 듯 닫고는 밖으로 나가 버렸다. 차라리 최 선생님을 찾아가는 편이 낫겠다는 생각마저 들었다.

밤이 되었지만 마렉은 돌아오지 않았다. 마렉을 기다리는 시간이 천년 같았다.

"제레미, 나와 보거라."

이번에도 사내 목소리가 쩌렁쩌렁 울렸다. 거실로 나가자, 사내의 아내와 처음 보는 내 또래 남자아이가 식탁에 앉아 있었다. 남자아이가 힐끗 나를 노려보았다.

"얘가 귀덕이다."

사내가 남자아이를 소개하고는 아내를 데리고 밖으로 나갔다. 절뚝절뚝, 사내의 아내가 다리를 심하게 절었다. 폭력의 흔적 같았다.

"귀덕아, 현수 오빠가 널 보러 왔니?"

녀석이 눈을 째렸다. 봄 햇살처럼 따사로운 오빠와는 달리 녀석은 한겨울 찬바람처럼 굴었다.

"너, 끄나풀이지?"

독기 서린 물음이었다.

"나, 현수 오빠 여자 친구야."

여자라는 말에 녀석의 짙은 눈썹이 꿈틀거렸다. 나는 지금까지의 일을 들려주었다. 진심을 전하고 싶었다.

"난 너처럼 쉽게 사람을 믿지 않아."

귀덕이가 밖으로 나가 버렸다. 녀석의 까칠함이 이해되었지만 서운했다. 귀덕이가 돌아가자 사내가 들어와 무슨 말을 했는지 캐물었다. 그의 아내는 쓰러지듯 의자에 털썩 주저앉았다. 내가 사실대로 대답하자 사내가 히죽히죽 웃었다. 그때 사내의 아내가 말했다.

"현수가 동생을 끔찍이 아꼈단다."

"무슨 말을 하려는 거야, 가뜩이나 심란한 애한테. 들어가서 잠이나 자."

사내가 아내의 팔을 끌고 2층으로 올라가 버렸다. 마렉에 대해서는 입도 벙긋 못 했다. 최악의 사태가 벌어지고 말았다. 침착해지려고 심호흡을 했다. 마마는 다급할 때마다 코로 숨을 들이마시고 입으로 길게 내쉬라고 했다. 심호흡을 세 번 하는 동안 방법을 찾았다. 내일 아침 첫 기차를 타고 의사 선생님을 만나러 가는 게 최선이었다. 의사 선생님과 함께 마렉을 찾으러 오면 된다.

지금이라도 마렉이 돌아왔으면 좋겠다. 마렉, 제발 돌아와.

침대에 누웠지만 정신이 말짱했다. 톡 톡톡, 새가 부리로 창문을 두드렸다. 톡 톡톡, 창문을 열고 밖을 내다보았다.

"아무 말 말고 가방부터 던져."

"마렉?"

"쉿! 사기꾼 놈이 깨기 전에 어서."

"뭐야?"

"가면서 얘기해. 어서 내 등을 밟고 뛰어내려."

갑자기 벌어진 탈출극에 어안이 벙벙한 나를 마렉이 재촉했다. 가방부터 넘기고는 할머니를 돌아봤다. 작별 인사를 하고 싶었다. 할머니가 앞으로도 불면의 시간 없이 지금처럼 잠들기를 기도했다.

마렉이 서두르라고 다그쳤다. 나는 마렉의 등을 밟고 뛰어내렸다.

"가자. 우선 여길 벗어나면 다 말해 줄게."

마렉이 이끄는 대로 잰걸음을 쳤다. 한참을 걷다 보니 개울물 소리가 요란했다. 다리에 도착하자 마을을 벗어난 안도감에 걸음이 느려졌다.

"브로츠와프 시내에 있는 오소보비체 공동묘지로 가야 해. 현수 형은 그리로 갔어."

"공동묘지는 왜?"

"귀덕이는 3년 전에 죽었어. 민머리도 다 알고 있었는데 거짓말

120

친 거야."

마렉이 이를 바득바득 갈았다.

"조금 전에 귀덕이가 왔었는데?"

"걘 귀덕이가 아니라 박명호야. 귀덕이는 여자였어."

맙소사.

"명호가 그러는데, 민머리가 널 비싼 값으로 최 선생에게 넘기려고 흥정 중이었대. 최 선생이 달아난 아이들을 잡으려고 오스트리아 국경에 가 있는 동안 널 잡아 두기 위해 명호를 미끼로 이용한 거였어. 내가 수상하다고 했지? 사기꾼 놈."

마렉은 어젯밤에 사내가 아내를 때리는 걸 목격했다고 했다. 새벽에 양육원으로 출근하는 사내의 아내를 뒤쫓아 가 사내의 계획을 들었고, 사내가 주방 근처에서 박명호와 만나는 걸 확인했던 것이다. 나를 만나고 양육원으로 돌아가는 박명호를 설득해 자백을 받아 냈다며 자신의 치밀함을 자랑했다.

"민머리가 명호에게 귀덕이인 척해 주면 명호를 폴란드에 남게 해 주겠다고 약속했나 봐."

"걔도 폴란드에 남고 싶었구나."

"안 그래도 우리랑 같이 가자고 했더니 명호가 하는 말이, 현수형이 도망친 이유를 곰곰이 생각해 봤다는 거야. 형이 폴란드에 남기 위해 도망친 게 아니라는 거지."

마렉이 꿀꺽 침을 삼켰다.

"현수 형이라면 틀림없이 고향이 있는 남한으로 갈 거래."

오빠 고향이 남한인 걸 이제야 알았다. 오빠에 대해 다 아는 줄 알았는데 모르는 게 많았다.

"철길을 따라가면 브로츠와프에 도착할 거야. 우리가 사라진 걸 알면 민머리가 공동묘지까지 따라올걸. 서두르자."

마렉이 내 손을 잡았다. 그래, 지금은 공동묘지로 가야 할 때야. 나는 마음속으로 〈두 번은 없다〉를 읊었다.

반복되는 하루는 없고, 두 번의 똑같은 밤도 없고, 두 번의 똑같은 입맞춤도 없을 것이다.

내일부터 할머니는 기차역으로 나가 제레미를 기다릴 것이다. 어쩌면 마마와 파파도 기차역에서 나를 기다리고 있을지 모르겠다. 잠 못 드는 시간과 전쟁을 벌이면서.

오소보비체 공동묘지

여름인데도 살갗을 뚫고 들어온 추위가 뼛속에 콕콕 박혔다. 푸드덕, 밤눈 밝은 새가 느닷없이 날아올라 가슴이 철렁 내려앉았다. 온몸이 뻣뻣하게 굳었다. 발밑도 신경 써야 하고, 배고픈 멧돼지가 숲에서 튀어나올까 봐 온몸에 두려움과 긴장의 갑옷을 휘두른 듯했다. 그나마 별과 달에게 위안을 받았고, 풀벌레들의 합창이 사랑의 세레나데가 되었다. 손끝에 만져지는 돌멩이가 오빠의 입술처럼 마마의 볼처럼 부드러웠다. 마렉이 옆에 있기 때문에 누릴 수 있는 평화였다.

"마렉, 고마워."

진심이었다.

"고맙긴. 뭐 하나 물어봐도 돼?"

"응."

"만약, 형이 남한으로 가면 너도 갈 거야?"

음악 선생님이 내 고향이 남한이라고 알려 줬을 때, 그곳은 낯선 세상이었다. 엄마와 순분이 순철이와 아기, 우리 가족이 함께 있었던 다리 밑이 남한이었는지 북한이었는지가 그리 중요하지 않았다. 나는 자주 마마와 파파가 최 선생님이 찾지 못하는 곳으로 나를 데려가 주길 바랐다. 아무도 나를 찾을 수 없는 곳으로 데려가 주길 간절히 바란 적이 한두 번이 아니었다. 그곳이 남한은 아니었다. 오빠를 만나면 마마와 파파 곁에서 살자고 설득하고 싶었다. 내가 말문을 열지 않자 마렉은 더 이상 묻지 않았다. 우리는 말없이 걸었다. 생각이 많아졌다. 시험문제를 풀듯 명확한 정답을 찾고 싶었다.

발바닥이 화끈거리고 다리가 저려 올 때쯤 지평선 너머가 보랏빛으로 물들었다. 컹컹컹, 아침잠 없는 개의 쉰 목청이 반가웠다. 마을이 가까워졌다는 뜻이다. 몸은 지칠 대로 지쳤지만 브로츠와프 역에 도착했음을 직감적으로 알 수 있었다. 지금쯤 잠에서 깬 할머니는 내가 사라진 걸 알고 제레미를 찾으러 기차역으로 달려갔을 테고, 제 분을 못 이긴 민머리는 말 옆구리에 채찍을 내리꽂으며 달려올 터였다.

컹 컹컹, 철길 위에 서 있는 개가 말끄러미 우리를 쳐다보았다. 낯선 곳에서 알은체해 주는 생명체가 반가웠다. 듬성듬성 빠진 윤기 없는 털을 보니 떠돌이 개 같았다. 마렉이 개에게 나그네라는 이름을 지어 주었다. 한결 친근감이 느껴졌다. 나그네는 철로를 벗어나 숲 쪽으로 슬렁슬렁 걸어갔다. 나와 마렉도 나그네가 걸어간 숲으로 발길을 옮겼다. 어두컴컴한 숲에는 사람들 발길이 잦은 탓에 제법 넓은 오솔길이 나 있었다. 숲을 벗어나자 자동차와 마차가 다니는 넓은 도로가 나왔다. 추격자가 있다는 건 거추장스러운 일이다. 자꾸 주위를 살피게 되었다. 나그네가 도로를 건너갔다. 우리도 도로를 건넜다. 의사 선생님과 갔던 식당도 도로 건너편에 있었다. 나그네는 골목으로 몸을 숨겼다. 골목은 거미줄처럼 얼기설기 복잡했다. 컹, 골목 끝에서 소리가 났다. 나그네가 어서 오라고 기다리는 것 같았다. 그 모습이 바벨 같았다. 지금은 뭐든지 나침판으로 삼고 싶었다. 골목 입구에 서 있는 건물에 주소가 적혀 있었다. 의사 선생님이 적어 준 주소와는 달랐다.

"나그네, 오소보비체 공동묘지가 어딘지 알아?"

나그네가 고개를 갸웃거렸다. 그러더니 공동묘지를 알고 있다는 듯 앞장섰다. 나그네를 따라가다 처음 만난 사람에게 자세히 물어보기로 했다. 나그네는 골목을 뱅뱅뱅 돌았다. 배가 고파 오자 슬그머니 짜증이 올라왔다. 배낭에서 퐁첵을 꺼내 나그네에게 한 개를 주었다. 나머지 한 개는 반으로 나눠 마렉에게 줬다. 블루베리 잼이 들어 있어 나그네 입맛에도 맞을 것이다. 게걸스럽게 먹는 나그네를 보며 헤어질 결심을 했다. 퐁첵을 말끔히 해치운 나그네가 어둠이 뭉텅뭉텅 몰려 있는 골목으로 사라졌다.

"큰길로 나가 보자."

처음으로 만나는 사람이 무뚝뚝한 남자아이길 바라며 마렉 뒤를 쫓았다. 호기심 많은 아이들만큼이나 참견을 좋아하는 어른은 우리를 귀찮게 한다. 북한에서 온 아이인지, 학교는 안 가고 왜여기있는지, 어디에서 왔는지, 폴란드 말은 어떻게 해서 잘하게 되었는지, 끝없이 질문을 던져 질리게 만든다. 생각만으로도 진저리가 쳐졌다.

하늘이 불그레했다. 해가 어둠을 조금씩 밀어내고 있었다. 마렉을 뒤좇아 가풀막진 골목을 뛰어 내려갔다. 골목을 빠져나가자 제법 큰 길이 나왔다. 투우루루, 주둥이를 내떠는 말 투레질 소리에 바짝 졸았다. 민머리가 우리를 기다리고 있는 줄 알았다. 모퉁이에 숨어 상황을 살폈다. 두 마리의 말이 끄는 마차에는 갖가지 꽃이 잔뜩 실려 있었다. 허리가 잔뜩 굽은 노인이 꽃 가게 앞에다 싱싱한 꽃을 부렸다. 무뚝뚝한 남자아이가 아니었지만 상관없었다. 마렉과 나는 마차 옆으로 다가갔다.

"할아버지, 오소보비체 공동묘지가 어딘지 아세요?"

마렉이 꽃을 옮겨 주며 물었다. 노인이 어딘가를 가리켰다. 아주 가까이에 공동묘지가 있었다. 공동묘지와 2킬로미터 정도 떨어진 곳에 의사 선생님 병원이 있다는 사실도 알아냈다.

큰길가에는 꽃과 초와 호롱을 파는 가게가 즐비했다. 아직 가게 문은 닫혀 있었다. 골목으로 조금 들어가자 울창한 숲이 모습을 드러냈다. 어둠이 앉아 늦잠을 자고 있는 나뭇잎 사이로, 크기가 제각각인 묘비가 서 있었다.

마렉이 길가에 핀 들꽃을 꺾었다. 노랑, 빨강, 파랑 꽃들이 금세 한 아름 꽃다발이 되었다. 나는 돌멩이를 주웠다. 주위를 살피며 공동묘지로 들어섰다. 샛별 같은 불꽃이 하나둘 깜박였다. 깔끔하게 정돈된 묘비와 달리 웃자란 풀들이 뒤엉킨 곳도 듬성듬성 보였다.

작년에 우리는 바르샤바에서 가장 큰 공동묘지에 갔었다. 그날은 11월 1일, 만성절이었다. 폴란드의 만성절은 크리스마스만큼이나 큰 명절이다. 가게가 문을 닫고 학교도 쉬었다. 가족들은 묘지로 가 죽은 가족에게 꽃을 바쳤고 촛불을 밝혔다. 밤이 깊도록 행렬은 이어졌고, 불꽃이 피어난 묘지는 밤하늘보다 더 아름다웠다.

내 눈길이 머문 제단 위에 빛을 잃어버린 호롱이 오도카니 놓여 있었다. 말라비틀어진 꽃들은 죽은 사람들에게 도리어 위로를 받는 듯했다. 이 많은 묘비 중 귀덕이 묘비를 찾을 수 있을지 막막했다. 찾는 시간을 단축하기 위해 반씩 나눠서 이름을 확인하기로 했다.

나는 꼼꼼히 묘비에 적힌 이름을 살폈다.

"흐흐흐흑 으흐흐흐…"

울음소리에 등골이 오싹했다. 마렉을 부르고 싶었지만 붙어 버린 입술은 움직이지 않았다. 정신을 차리고 보니 묘비 앞에 누군가가 엎드려 울고 있었다. 오늘이 가족 중 누군가가 하늘의 별이 된 날인 것 같았다. 휴, 안도의 숨을 내쉬었다.

"애야, 무슨 일이니?"

울음을 그친 아줌마가 놀란 듯 물었다.

"김귀덕의 묘비를 찾고 있습니다."

"김귀덕을 찾는 사람이 네가 두 번째구나."

"저 말고도 왔다고요?"

"너처럼 김귀덕을 찾아온 동양인 청년이었단다."

"언제요?"

"어둠이 잔뜩 남아 있을 때였으니 두세 시간 전인 것 같아. 누군가에게 쫓기는지 자꾸 주위를 살피더구나."

"절 그리로 데려다주세요. 제가 찾는 사람 같아서요."

아줌마를 따라 종종걸음을 쳤지만 묘비에는 아무도 없었다. 한글과 폴란드어로 쓴 '김귀덕'이 나란히 적힌 묘비 위에는 꽃다발이 놓여 있었다. 나는 오빠의 온기를 붙잡으려고 꽃다발을 쥐었다.

"그 애가 놓고 갔나 보다."

어제저녁에만 출발했어도 오빠를 만날 수 있었을 텐데, 속상했다.

"누구요? 누군데 이 무덤 앞에 있는 거요?"

귀에 익은 목소리에 급히 담요로 얼굴을 가렸다. 최 선생님과 낯선 지도원 선생님이 다가왔다. 담요 끝을 단단히 여몄지만 심장이 제멋대로 날뛰었다.

"죽어서도 제 나라로 돌아가지 못한 어린 영혼을 위해 기도하고 있었어요. 너무 가여워요. 오늘은 저의 사랑스러운 첫째 딸이 하늘의 별이 된 날이랍니다. 제 아이를 보러 올 때마다 잠시 들러 이 아이의 영혼을 위해 기도하고 있지요."

"그렇군요. 혹시, 열여덟에서 열아홉 정도 된 동양인 남자를 보았습니까?"

"저와 제 아들이 자정부터 여기 있었어요. 한두 시간 전에 북한 아이를 봤습니다. 여기 꽃다발이 있네요."

"우리가 한발 늦었군."

최 선생님이 볼멘소리를 내뱉었다.

"무슨 일이신가요?"

"아니오. 그럼 이만."

최 선생님과 지도원 선생님이 사라지자, 맥이 풀린 나는 그 자리에 털썩 주저앉고 말았다. 사정을 들은 아줌마가 북한 고아들이 폴란드에 온 건 알았지만 돌아가게 된 줄은 몰랐다며 내 손을 부여잡았다. 손이 거친 돌멩이 같았다.

"얘야, 넌 사랑이 많은 아이 같구나. 내 흐느낌을 허투루 듣지 않았잖니. 고맙구나."

아줌마는 온몸이 바스러지도록 나를 안았다.

"널 안게 해 줘서 고맙구나. 사라는 너처럼 맑은 눈을 가졌단다. 사라는 너처럼 나를 따뜻하게 안아 주었고 내 볼에 달콤한 입맞춤을 해 주었어. 사라는 참새처럼 노래 부르는 걸 좋아했고 백조처럼 우아하게 춤췄지. 사라는 살아 있는 7년 동안 우리에게 기쁨을 주었어. 그 기쁨을 어찌 잊을 수 있겠니⋯. 우리 사라가 살아 있었다면 스물한 살이 되었겠구나."

아줌마의 슬픔이 너무 깊어 사라가 하늘나라로 떠난 지 얼마 되지 않은 줄 알았다. 14년 동안이나 슬퍼했고, 앞으로도 슬퍼할 아줌마가 안쓰러웠다. 엄마 생각이 났다. 음식을 구해 다리 밑으로 달려왔을 엄마는 무너진 다리 앞에서 얼마나 슬펐을까.

'엄마, 잘 있나요? 엄마도 아줌마처럼 매일 울고 있나요? 엄마, 전 이렇게 잘 살고 있어요. 그러니 울지 말아요, 엄마. 내 엄마⋯. 고마운 엄마⋯.'

눈물이 흘러넘쳤다. 엄마 품에 안긴 듯 편안했다.

"아줌마, 이제 울지 마세요. 사라는 아줌마가 우는 걸 바라지 않을 거예요. 사라가 불러 주던 노래를 들을 때처럼 아줌마가 활짝 웃기를 바랄 거예요."

미처 생각하지 못한 말들이 내 입에서 술술 터져 나왔다.

"고맙구나. 이젠 울지 않을게. 그렇지만 1년에 딱 한 번은 울 거야. 부모에게 자식이란 그런 존재란다."

아줌마는 죽은 딸의 온기를 느끼려는 듯 내 손등을 문질렀다.

뚝. 눈물방울이 떨어졌다.

"북한으로 돌아가면 네가 좋은 가족을 만났으면 좋겠구나."

"고맙습니다."

마침 마렉이 달려왔다. 조금 전 상황을 들은 마렉이 가슴을 쓸어내렸다. 아줌마는 공동묘지를 빠져나오는 지름길로 우리를 병원까지 데려다주었다. 아줌마가 활짝 웃으며 손을 흔들었다. 긴 애도의 시간이 끝나 가는 듯 보였다. 바벨을 떠나보낸 숲도 애도의 시간을 잘 보내고 있는지 궁금해졌다.

돌멩이

우리 둘은 병원 문턱에서 주춤거렸다. 도움이 필요하면 언제든 찾아오라던 의사 선생님의 친절함이 독이 될까 두려웠다. "난 너처럼 쉽게 사람을 믿지 않아."라며 비꼬던 명호의 말도 생각났고, 마렉 말대로 좀 더 신중해질 필요가 있었다. 그럼에도 지금은 직진밖에 다른 선택이 없었다. 몇 사람을 들여보낸 후, 아기를 안고 종종걸음을 치는 여인을 바짝 따라붙었다. 병원 안은 환자들로 북적거렸다. 마렉이 대기자 명단에 이름을 적는 동안 나는 구석으로 가 몸을 웅크렸다.

"실례합니다. 의사 선생님을 만나러 왔습니다."

놀란 마렉이 내 앞을 막아섰다. 최 선생님이 여긴 어떻게 왔지! 나는 다급히 모자를 푹 눌러쓰고 담요로 얼굴을 가렸다.

"최 선생님이야. 한 명 더 있어. 조심해야겠어."

온몸이 떨려 대답조차 나오지 않았다.

"무덤이야 최 선생이 올 만한데, 여긴 왜 온 거야?"

"…"

"설마 양육원에다 널 신고한 거야?"

마렉은 혼자 묻고 답했다.

진찰실에서 나온 나이 많은 간호사가 최 선생님에게 알은체를 했다. 우연치고는 절묘했다. 마렉 말대로 민머리처럼 나를 밀고해 흥정하려는 걸까?

"잠깐만 기다리세요. 선생님께 얘기하고 올게요."

간호사가 다시 진찰실로 들어갔다. 나는 담요 자락을 단단히 여몄다. 식은땀이 줄줄 흘러내렸다. 이내 간호사가 나오더니 최 선생님을 진찰실로 데려갔다. 함께 온 지도원 선생님은 족제비 같은 눈으로 주위를 두리번거렸다. 마렉이 병원을 나가자고 내 팔을 끌었다. 나는 자칫 잘못 움직였다가는 정체를 들킬 수 있으니 이대로 있자고 했다. 주소까지 주며 찾아오라더니, 고작 돈을 벌 요량이었다니 괘씸했다.

내가 마렉을 달래며 서슴거리는 사이 최 선생님과 의사 선생님이 진찰실에서 나왔다. 흰 가운을 걸치고 청진기를 목에 건 분은 기차에서 만난 의사 선생님이 확실했다. 작은 새 한 마리가 이마를 콕콕콕 쪼아 대는 느낌이었다.

"부탁드립니다."

최 선생님 당부에 의사 선생님이 고개를 주억거렸다. 최 선생님과 지도원 선생님이 병원을 나가는 걸 지켜보던 의사 선생님이 진찰실로 들어갔다.

"네 고집을 누가 꺾을까. 쥐도 막다른 골목에 몰리면 고양이를 문다잖아. 한번 물어 보자. 야옹."

마렉의 장난에도 긴장은 풀리지 않았다.

우리 차례가 되어 진찰실로 들어서자 의사 선생님 눈이 휘둥그레졌다.

"드디어 왔구나."

의사 선생님이 마렉을 와락 안았다.

"최 선생님을 봤어요. 최 선생님과는 무슨 관계죠?"

"이야기가 길어지겠는걸. 2층에서 좀 기다려 주겠니? 곧 점심시간이라 많은 얘기를 나눌 수 있겠구나."

"신고하려는 건 아니겠죠?"

나는 진지하게 물었다.

"너희의 선택과 의지에 개입하고 싶은 마음은 조금도 없단다. 지금은 환자를 돌봐야 하니 기다려 줄 수 있겠니?"

까칠한 내 물음에 대한 의사 선생님의 답변에 내가 존중받고 있다는 기분이 들었다. 내가 이 세상에 꼭 필요한 사람이 되는 것 같았다. 아주 사소한 거라도 내 의견이나 감정을 물어봐 줄 때 나는 살아 있는 느낌이 들었다. 선생님은 좋은 사람 같았지만 아직

완전히 믿기는 어려웠다.

"기다리겠습니다."

다음 일은 다음에 생각하면 된다. 마렉과 나는 의사 선생님의 진찰이 끝나기를 기다렸다.

잠시 후, 선생님이 우리를 2층으로 데려가면서 체스 연습을 열심히 했다며 너스레를 떨었다. 2층은 선생님 가족이 사는 집인 것 같았지만 텅 비어 있었다. 방 안을 휘둘러 보았다. 탁자 위 사진 속에는 선생님과 분홍 원피스를 입은 내 또래 여자아이가 활짝 웃고 있었다. 다른 사진에는 그네를 타고 있는 꼬마 곁에 아줌마와 양복에 나비넥타이를 맨 사내아이가 그넷줄을 잡고 서 있었다. 화목해 보였다. 이런 분이 우리를 최 선생님에게 넘기지는 않겠지. 마음 한구석에 도사린 의심을 털어 내려 노력했다. 열어 놓은 창문으로 매미 소리가 자지러졌다. 자작나무 우거진 뒷마당에 사진 속에 있던 그네가 덩그러니 서 있었다.

의사 선생님이 주방으로 들어가자 마렉은 주위를 살피고 올 테니 여기서 한 발짝도 나가지 말라고 으름장을 놓았다. 혹시라도 현수 오빠가 다시 왔을지 모르니까 묘지를 한 번 더 둘러보겠다며 계단을 내려갔다. 거리낌 없이 활보하는 마렉이 부러웠다. 마마와 파파의 숲을 떠난 작은 새가 날갯짓하기에 세상은 녹록지 않았다. 북한 고아라는 딱지가 붙은 작은 새에게는 더더욱.

책상 위에 뚜껑이 열린 종이 상자가 놓여 있었다. 안을 들여다

보니 누렇게 바랜 아주 작은 흰옷이 담겨 있었다. 낯익었다. 흰옷을 꺼내 보니 너무나 작은 아기 옷이었다. 엄마가 남동생을 낳았을 때 입혔던 옷, 배냇저고리였다. 나는 배냇저고리를 코로 가져갔다. 젖 냄새가 물씬 났다. 엄마의 젖 냄새라 여기고 싶었다.

"순례야, 배냇저고리는 사람이 세상에 태어나서 처음 입는 옷이야. 이다음에 큰일 치를 때 품에 품고 있으면 복이 온단다."

잊었던 엄마 목소리가 되살아났다. 갑자기 눈물이 쏟아졌다. 마마를 처음 만났는데, 엄마가 아니어서 서러웠던 그날처럼 울음이 터져 버렸다. 멈추려 해도 멈춰지지 않았다. 그리운 나의 엄마, 보고 싶은 나의 엄마.

"괜찮니?"

언제 왔는지 의사 선생님이 내 등을 토닥였다. 의사 선생님은 내 마음이 진정되기를 기다리더니 차 한 잔을 내밀었다. 나는 부드러운 차를 한 모금 삼켰다.

"마렉은?"

"귀덕이 묘에 갔어요."

"…내가 귀덕이를 치료했단다. 이건 귀덕이의 유품이야. 귀덕이가 죽기 전에 내게 부탁하더구나. 자기 대신 현수에게 꼭 전해 달라고. 직접 주라고 했더니, 내가 전해 주기를 바랐어. 그 이유를 곰곰이 생각해 보니 귀덕이가 나에게 현수를 맡기는 것 같더구나. 오누이가 서로를 살뜰히 챙겼거든. 현수가 갑자기 최 선생을

따라 바르샤바로 가는 바람에 전해 주질 못했구나. 최 선생에게
는 말하지 않았어."

선생님 목소리가 가늘게 떨렸다.

"귀덕이를 살리고 싶었지만, 끝내 살리지 못했구나…. 귀덕이는
고향을 그리워했어. 살아서 고향에 가고 싶어 했지만 그 소원을
들어주지 못해 지금도 마음이 아파. 현수는 귀덕이를 보러 왔을
거야. 최 선생도 그걸 알고 현수가 병원에 들렀는지 확인하러 온
거고."

"귀덕이에게는 다녀간 것 같아요."

"그랬구나."

"오빠는 남한으로 갈 거예요."

"쉽지 않은 선택이지만 꽤 낭만적이야. 물살을 거슬러 태어난
곳으로 돌아가는 연어처럼 말이다."

의사 선생님이 싱긋 웃어 보여 농담을 하는 줄 알았다. 낭만보
다는 치열함이 더 어울리니까.

"전쟁과 전쟁과 전쟁을 겪은 시대에 필요한 건 낭만 같아. 사람
마다 견뎌야 할 짐이 너무 무거워서 말이야. 연어가 강물을 거슬
러 올라야 연어이듯이, 거스르는 일은 연어의 고통이자 연어의
낭만 같아."

뿔의 무게를 견디는 순록만이 바벨이 될 수 있다는 말이 생각
났다.

폭탄이 떨어져 다리가 무너져 내렸고, 숨을 쉬지 않던 아기를 놓아 버렸고, 엄마를 놓쳐 버린 나였다. 그렇게 나는 혼자가 되었다. 혼자는 불안하고 무서웠다. 불안은 한시도 나를 떠나지 않았다. 전쟁의 시대에 낭만이 필요하듯, 내 불안의 시대에도 낭만은 필요한 것 같다. 나는 낭만이라는 말을 곱씹었다.

선생님이 차를 마시며 목을 축였다.

"선생님, 이거 제가 가지고 있어도 될까요? 오빠를 만나면 꼭 전해 줄게요."

"그러려무나. 자, 앞으로 할 일이 많을 테니 배를 든든히 채워야겠지. 먹어 볼래?"

선생님이 퐁첵을 내 앞으로 내밀었다. 한 입 베어 물었다. 마마가 만들어 준 것보다 쫄깃함도 부드러움도 달콤함도 덜했다. 나는 마마가 만든 단팥이 잔뜩 든 퐁첵이 세상에서 가장 맛있다고 자랑했다. 선생님은 자기 부인이 만든 퐁첵도 만만치 않다고 으스댔다.

"그 정도 맛은 아닌 것 같은데요."

"그렇지? 이건 시장에서 사 온 거란다."

"어쩐지. 아줌마가 만든 퐁첵 맛을 봐야 마마가 만든 것보다 나은지 알 것 같아요."

"영원히 먹지 못할 거야. 전쟁 때… 수많은 유대인이 하늘의 별이 되었거든."

모래알만 한 설탕 조각이 달려 있는 입을 꾹 다문 선생님 눈동자가 흔들렸다. 선생님이 방을 나갔다. 퐁첵이 목에 걸린 가시 같았다. 선생님과 마마의 팔에 새겨진 푸른 숫자, 오시비엥침 수용소 유대인들만 새겼다는 문신. 마마는 날카롭고 뾰족한 걸 손에 잡지 않았다. 구멍 난 양말을 꿰매는 일은 파파와 내 몫이었다. 전쟁은 여전히 이어지고 있었다.

끝끝내 선생님은 방으로 들어오지 않았다. 나는 폭신한 의자에 앉아 마렉을 기다리다 잠이 들었다.

"한나?"

선생님이 부르는 소리에 눈을 떴다. 어느새 밖이 컴컴했다. 마렉은 옆방에서 자고 있다고 선생님이 알려 주었다.

"한나, 이 옷 어떠니, 입어 볼래?"

분홍 원피스였다. 원피스와 짧은 머리가 어울릴까를 생각했다. 어색할 것 같았지만 고개를 끄덕였다. 원피스는 맞춘 옷처럼 내 몸에 꼭 맞았다. 거울을 보니 눈과 볼이 움푹 들어간 사내 같은 계집애가 나를 보고 있었다. 마렉이 머리카락까지 자를 필요는 없다고 말릴 때 들을걸. 나는 원피스 위에 챙이 넓은 모자를 썼다. 커다란 리본이 달려 있어 화사했다.

"예쁘구나. 우리 산책 갈까?"

선생님과 함께라면 안전할 것이다. 선생님이 손전등을 비추는 곳으로 걸었다. 밤공기가 상쾌했다. 노란 불빛이 새어 나오는 집

들을 지나 불빛 한 점 없는 곳에서 선생님은 걸음을 멈췄다.

"여기는 유대인 묘지란다. 유대인들의 영혼만 모여 있는 곳이지."

선생님이 손전등을 비추며 묘지로 발걸음을 옮겼다. 나는 선생님 옷자락을 움켜쥐었다.

"마을 안에 무덤이 있는 건, 죽음이 삶 곁에 있다는 걸 알게 하기 위해서란다. 사람은 죽음을 향해 걸어가는 존재거든. 혹시, 묘지의 풀이 쑥쑥 자라는 이유를 알겠니?"

"아니요."

"보고 싶으니 어서 날 보러 오라는 신호란다."

그렇구나! 죽었다고 관계가 끊어지는 게 아니었다. 기억이라는 보이지 않는 끈으로 삶과 죽음은 서로 이어져 있었다. 그들에 대한 그리움과 애틋함, 두려움과 환희, 행복과 불행이 내 기억 속에 뒤죽박죽 섞여 있었다. 이런 감정들이 엄마와 나를, 순분이 순철이와 나를, 아기와 나를, 마마 파파와 나를, 오빠와 나를, 마렉과 나를, 의사 선생님과 나를 이어 주었고 세상 모든 것들과 관계 맺고 있었다. 그래서 외로움을 떨쳐 낼 때도 있었나 보다.

"여기에 우리 가족의 영혼이 쉬고 있단다."

의사 선생님이 돌멩이가 수북하게 놓여 있는 묘비 앞에 쪼그려 앉더니 돌멩이 하나를 내게 건네고는 돌멩이를 놓았다. 나도 따라 돌멩이를 놓았다. 돌멩이만으로도 충분한 위로가 되는 오늘 밤이 좋았다. 나는 돌멩이를 여러 개 주웠다.

'아버지, 편안하게 지내세요.'

돌멩이를 놓았다.

'엄마, 고마워요.'

돌멩이를 놓았다.

'순분아, 사랑해.'

돌멩이를 놓았다.

'순철아, 보고 싶어.'

돌멩이를 놓았다.

'아기야, 너를 잊지 않을게.'

돌멩이를 놓았다. 가족에게 인사를 하고 나니 눈물이 차올랐지만 마음은 따뜻했다.

의사 선생님은 여기까지 왔으니 귀덕이에게 가 보자며 내 손을 끌었다. 어쩌면 현수가 왔을지도 모른다며 희망을 안겼다. 멀지 않은 곳에 오소보비체 공동묘지가 있었다. 귀덕이 묘비가 가까워지자 긴장되었지만 오빠는 없었다. 대신 민머리가 기다리고 있었다. 원피스를 입고 오길 정말 잘했다.

"의사 선생님도 현수 소식 들으셨죠?"

"그래요. 당신은 왜 여기에 있는 겁니까?"

"도망친 놈을 찾고 있습죠."

"댁은 남의 인생에 지나치게 개입하는 것 같군요."

"개입이라뇨?"

민머리가 목소리를 높였다.

"그놈은 북한으로 돌아가야 할 운명입죠. 얘가 자기 운명대로 여기 묻힌 것처럼 말입니다."

민머리는 나를 놓친 분이 풀리지 않는지 콧김을 내뿜었다. 운명이 아니라 국가의 일방적인 결정이었다는 말이 입술까지 올라왔다. 조국에서 전쟁이 터졌고, 트럭에 태워져 폴란드로 오기까지 내 의지와 선택은 전혀 없었다. 그건 오빠와 귀덕이도 마찬가지였을 것이다. 어리다는 이유로 선택을 박탈당할 이유는 없어야 한다. 그러나 전쟁은 어린아이의 의견 따위는 필요로 하지 않는다. 그들의 삶과 죽음에 아무런 관심이 없기 때문이다.

"전 달리 생각합니다. 전쟁으로 인한 학살을 운명으로 받아들이라고요? 당신이라면 그럴 수 있습니까? 권력자들의 갈등과 계획하에 벌어진 전쟁에 우리 가족은 일방적으로 당했어요. 국가가 휘두른 폭력이죠. 당신도, 나도, 우리 모두가 피해자입니다."

의사 선생님 호통에 분을 못 이긴 민머리가 부르르 몸을 떨었다. 내가 하고 싶었던 말이라 속이 시원했다.

"귀덕이가 몹시 불편할 것 같군요. 자기 때문에 오빠가 붙잡히게 되었으니 말입니다. 전 이만 가 보겠습니다."

민머리의 악다구니가 우리 뒤를 좇아왔다.

의사 선생님이 내 손을 잡았다. 좋았다.

"상처 입은 사람은 쉽게 상처받기도 하고, 쉽게 상대에게 발톱을 세우지. 고통을 겪었는데도 타인의 고통을 보듬어 주는 사람이 있는가 하면, 고통에 분노가 더해져 무자비한 폭력을 일삼는 사람도 있단다. 우린 전쟁이라는 너무 큰 고통을 당했어. 저 사람이 저리된 건 전쟁 때 입은 상처 때문이니, 사람에게 실망할 필요는 없어. 상처가 아물어야 용서할 힘이 생기고, 사랑할 힘도 생기거든."

"애도의 시간을 충분히 가져야 살아갈 힘이 생기는 것처럼요."

"그런 것도 알다니, 대단한데. 한나, 현수를 만나면 어쩔 거니?"

"모르겠어요."

"내기 체스에서 이긴 마렉이 널 우리 집에 숨겨 달라더구나. 너만 원한다면 난 괜찮다."

"고맙습니다…."

마렉과 선생님의 선한 마음에 눈두덩이 시큰거렸다.

"현수를 많이 사랑하는 것 같구나. 현수도 그런 거다."

"사랑하면 함께 있어야죠. 몰래 도망이나 치고…."

"사랑해도 헤어질 때가 있단다. 지독한 사랑을 하게 되면 외로운 법이지."

"…맞아요."

"그 사람을 위해 모든 걸 걸기 때문에 외로운 거란다. 내가 원하는 게 아니라, 그 사람이 원하는 걸 해 줘야 하거든. 현수는 모든 걸 걸었을 거다…. 현수라면 반드시 너에게로 돌아올 거야."

사랑해도 헤어질 때가 있다는 선생님의 말이 병원으로 돌아오는 내내 머릿속을 떠나지 않았다.

빈 의자

열어 놓은 창으로 햇살이 쏟아졌다. 마마가 주레크를 만들어 놓고 어서 내려오라고 소리칠 것 같았다. 당장은 화장실이 급했다. 화장실에서 쪼르륵 물소리가 났다.

"마렉?"

대답이 없었다. 다시 문을 두드리려는데 문이 벌컥 열렸다. 꿈이구나! 나는 현수 오빠를 와락 안았다. 상큼한 비누 향기가 풍겼다. 오래오래 오빠 품에 안겨 있고 싶었다.

"어떻게 된 거야? 네가 왜 여기 있어?"

뚝, 뚝, 물방울이 내 목덜미에 떨어졌다. 그 순간, 오빠가 내 손을 잡고 방으로 끌고 갔다. 널브러진 옷가지 옆에 배낭이 놓여 있었다. 꿈이 아니었다.

"어떻게 된 거야?"

"오빠야말로 어떻게 된 거야?"

"새벽에 귀덕이를 보러 갔다가 의사 선생님을 만났어. 선생님이 굳이 병원으로 날 데려온 이유가 너 때문이었구나."

"왜 도망쳤는데?"

"도망이라고 하면 엄청 나쁜 짓 한 것 같으니까, 탈출이라고 해 두자."

"그래. 왜 탈출했어?"

"아침 6시에 일어나는 것도 6시 30분에 아침 조회하는 것도 지겨웠어. 장군님 얼굴이 그려진 인공기를 향해 오른팔을 머리 위로 치켜든 채 경례하는 것도, 장군님 노래를 부르는 것도 모두 모두 지겨워졌고."

"조국에 노벨 물리학상을 안겨 줄 사람 입에서 나올 대답은 아니잖아."

오빠가 배낭을 뒤적이더니 뭔가가 담긴 비닐을 꺼냈다.

"귀덕이가 묻힌 무덤의 흙이야. 귀덕이 마지막 소원이 고향 집에 가는 거였어. 경기도 파주군 두포리 235번지."

"꼭 가야겠어? 여기 있으면 안 돼?"

"돌아가야 해."

오빠는 전쟁의 기억을 끄집어냈다.

"전쟁이 터진 새벽에는 비가 억수같이 쏟아졌었어."

잠시 긴 숨을 내쉬더니 오빠는 다시 말문을 열었다.

"비는 아침이 되자 멎었어. 우리 가족은 9시 예배를 보러 교회에 갔어. 목사님이 새하얗게 질린 얼굴로 '인민군이 쳐들어와서 예배를 볼 수 없습니다. 인민군 탱크가 마지고개까지 왔어요. 어서 피난 가야 해요. 어서요' 하면서 다짜고짜 피난을 가라는 거야. 피난이 뭐냐고 물었더니, 집을 떠나는 거라고 했어. 인민군이 없는 남쪽으로 피난을 가야 살 수 있다면서 말이야. 집으로 돌아와 짐을 싸는데, 할아버지와 할머니는 마루에 걸터앉은 채 피난을 가지 않겠다고 했어. 두 분은 오래 살았으니 죽어도 괜찮다면서 집에 있겠다는 거야. 아버지와 엄마, 귀덕이와 나는 짐을 꾸려 피난길에 올랐어. 피난을 떠나는 행렬이 끝도 없이 이어졌어. 우리는 어디로 가야 할지 몰라 피난 행렬이 가는 대로 따라갔어."

오빠 얘기를 듣고 있으니 짐을 이고 진 피란민들이 어딘가로 종종걸음을 치던 모습이 떠올랐다.

"나는 귀덕이 손을 꼭 잡고 걸었어. 엄마가 절대 귀덕이 손을 놓으면 안 된다고 했거든. 귀덕이는 다리가 아프다며 징징거렸어. 급기야 오줌이 마렵다며 울고불고 난리를 쳐 댔어. 밀려드는 피난민 행렬에 손수레를 멈출 수 없는 엄마와 아버지가 빨리 오줌을 누이고 행주나루터로 따라오라고 했어. 오줌을 눈 귀덕이가 걷지 않으려고 떼를 써 냉큼 업었어. 부모님을 따라잡아야 했으니까. 내 등에서 잠이 든 귀덕이 엉덩이를 콱 꼬집어 버리고 싶었지만 참았어. 축 늘어진 귀덕이가 어찌나 무거운지 발걸음이 자꾸 느려졌어. 밤중이 되어서야 행주나루터에 도착해서 엄마와 아버지를 찾으려 다리 앞으로 뛰어갔어. 그런데 피난민이 어찌나 많은지 찾을 수가 없는 거야. 그때 갑자기 콰과광 무서운 굉음이 들렸어. 비행기에서 폭탄을 떨어뜨려 강 건너 김포 비행장이 불바다가 되어 버렸어. '인민군이 서울을 점령했답니다. 더 이상 가 봐야 소용이 없어요.' 누군가의 외침에 피난민들은 하나둘 발길을 돌렸어. 나는 귀덕이를 업고 엄마와 아버지를 찾아다녔지만 찾지 못했어. 아무래도 집으로 돌아간 모양이라고 생각했어. 사람들에게 물어물어 집으로 향했어. 그때 마침 트럭이 지나갔어. 부모 없는 아이는 트럭에 태워 준대서 냉큼 올라탔어. 그렇게 나와 귀덕이는 북한에 도착했고, 폴란드까지 오게 된 거야."

오빠의 긴 이야기 속 귀덕이가 부러웠다.

"우리가 전쟁터를 벗어나도록 폴란드로 보내 준 북한이야. 그 덕분에 우린 살아남게 되었고. 폴란드 사람들조차 부러워하는 융숭한 대접을 받으면서 말이야. 처음에는 우리를 향한 파파와 마마의 헌신을 의심했어. 나라가 시킨다고 이렇게까지 돌보는 건 위선이라고 말이야. 그러다 깨달았어. 시작은 나라의 명령이었겠지만 진심으로 우리를 사랑했다는 걸. 의사 선생님도 귀덕이를 살리기 위해 당신의 피까지 나눠 주셨어."

"그러니까 여기서 살자. 귀덕이 묘지도 여기 있잖아."

오빠 손을 잡고 애원했다.

"귀덕이와 한 약속을 지키고 싶어."

"그럼, 나는? 내 생각은 안 해 봤어!"

"미안해. 정말 미안해…."

여기까지 오빠를 찾아온 보람도 없게 미안하다면 다야? 악에
받쳤다.

"나도 갈래."

"너무 위험해."

"위험하니까 같이 가자고."

"이래서 말 안 하고 온 거야."

오빠가 천장을 바라보며 한숨을 내쉬었다. 오빠의 한숨이 나더
러 북한으로 돌아가라는 채찍 같았다.

"겁쟁이, 배신자."

나는 방을 뛰쳐나가며 소리쳤다. 문 앞에 서 있던 마렉이 길을
터 주었다. 이미 상처 입은 내 마음은 쉽게 상처받았고, 오빠에게
상처 주기 위해 아픈 말을 골라 했다. 오빠를 만나면 모든 게 해
결될 줄 알았는데 실타래는 더 엉켜 버렸다.

나도밤나무 그늘에는 나만큼이나 외로운 그네가 매달려 있었
다. 복잡한 내 마음과는 달리 그네는 한없이 고요했다. 미동조차
없이. 줄을 잡고 엉덩이를 걸치자 그네는 부르르 몸을 떨었다. 내
앞에 있는 사람이 엄마가 아니라 마마여서 울음을 터트렸던 나처
럼 그네도 내가 자신이 기다리던 아이가 아니라 실망했을지 모르

겠다. 장미꽃 위에 앉아 쉬던 나비 두 마리가 팔랑팔랑 날아가 버렸다. 오빠를 찾으러 오지 않았다면 평생 후회했을 테니 잘못한 건 아니었다. 뭐가 이렇게 복잡한 건지, 속상하고 짜증이 났다.

"괜찮아?"

언제 왔는지 마렉이 그넷줄을 잡고 흔들었다.

"형을 보내 줘."

"나대지 마."

"현수 형과 이별 인사를 제대로 해. 후회하지 말고."

이별 인사라는 말에 눈물이 핑 돌았다.

"너, 아줌마 아저씨 안 볼 자신 있어? 루르카는?"

심장이 내려앉았다.

"이젠 선택할 시간이야."

"선택의 문제가 아니잖아."

"아니. 선택해야 해. 현수 형도 힘들게 선택했을 테니까."

숨이 쉬어지지 않았다.

"꽉 잡아. 간다…."

마렉이 내 등을 밀었다. 내 몸이 붕 날아올랐다. 서너 번을 더 밀어 주고 마렉은 저 혼자 집으로 들어가 버렸다. 마렉 말대로 이제는 선택을 해야 했다. 힘들고 괴롭고 외로웠다.

속수무책으로 시간이 지나갔다. 머릿속은 여전히 복닥거렸다.

"순례야, 사실대로 말하지 못해 미안해."

언제 왔는지 오빠가 내 그림자를 밟고 서 있었다.

"내 생각이 짧았어. 우리 좋은 선택을 해 보자."

"언제 떠날 거야?"

"내일 새벽…. 너 배고프면 짜증나잖아. 우리 뭘 좀 먹을까?"

오빠가 내미는 손을 잡았다.

주방에서는 마렉이 감자 껍질을 벗기고 있었다.

"거기 두 사람, 플라츠키 만들 건데 도와줄래요?"

마렉이 감자를 내려놓으며 투덜거렸다. 오빠와 나는 감자 껍질을 벗겼다. 마렉이 깎은 감자를 강판에 갈았다. 마마가 알려 준대로 곱게 간 감자를 채반에 부어 감자 물을 뺐다. 5분 정도 두면 전분이 가라앉는다. 그사이 오빠는 화로에다 프라이팬을 올려놓았고, 플라츠키를 담을 접시까지 꺼내 놓았다. 식탁 위에다 포크를 놓았고, 양배추와 오이 절임을 접시에 담았다. 나는 마렉에게 뒷마당으로 가 장미와 팬지를 꺾어 오라고 부탁했다. 감자 물이 빠지길 기다렸다가 밀가루와 달걀 2개, 소금을 넣어 섞었다. 그사이 마렉이 꽃을 꺾어 왔다. 꽃병에 꽂아 놓으니 식탁이 한결 환했다. 반죽도 완벽했고 프라이팬도 적당하게 달구어졌다. 먹기좋게 내 손바닥 크기로 플라츠키를 부쳤다. 노릇노릇하게 익은 플라츠키가 고소한 냄새를 풍기자 마렉과 오빠가 입맛을 쩝쩝 다셨다.

"한나, 냄새가 끝내주는구나."

선생님이 코를 벌름거리며 주방으로 들어왔다. 선생님이 물을 끓이며 서랍에서 꺼낸 곡식 커피 가루 세 스푼을 파란 꽃무늬 커피 잔에 넣었다. 기차에서 맛본 커피 맛이 혀끝에서 감돌았다.

"마렉, 식사 준비는 두 사람에게 맡기고, 체스 한 판 어떠냐?"

"좋죠. 내기 걸어야죠?"

"물론이다."

"절대 안 봐줄 거예요."

마렉이 커피잔을 들고 주방을 나서는 선생님에게 냉큼 따라붙었다. 오빠와 내가 서로 말을 아끼는 사이 한숨이 자꾸 입술을 비집고 나왔다.

"어, 탄다."

오빠의 놀란 목소리에 얼른 플라츠키를 꺼냈다. 오빠가 플라츠키를 접시에 담았다. 우린 묵묵히 각자의 일을 했다.

"실력을 더 갈고닦으신 후에 도전하시죠."

의기양양한 마렉이 주방으로 들어서며 재잘거렸다. 기죽은 선생님이 입맛을 쩝쩝 다시며 뒤따라 들어왔다. 체스에 진 선생님은 식사 후에 한 판 더 붙자며 앙탈을 부렸다. 마렉의 젠체하는 본새가 밉지 않았다.

우리 넷은 식탁에 둘러앉았다. 빈 의자 하나가 덩그러니 놓여 있었다. 폴란드에는 빈 의자 풍습이 있다. 크리스마스이브가 되면 '올지도 모를 사람'을 위해 빈 의자와 빈 접시를 마련해 둔다.

의사 선생님이 그랬던 것처럼 폴란드의 양육원 선생님들과 학교 선생님들은 북한 고아들을 극진한 환대로 보살펴 주었다. 피부색과 언어, 생활 습관이 다른 고아들을 지극정성으로 돌보는 선생님들을 우리는 마마와 파파라 불렀다. 그들이 우리를 친자식처럼 돌봐 준다는 걸 우리는 마음으로 느낄 수 있었다. 마마와 파파는 나만을 위한 빈 의자와 빈 접시를 항상 마련해 놓았다. 365일 내내. 내가 돌아올 그날까지 언제나.

바로 그 순간이었다.

"중요하지 않은 일에 신경 쓸 시간에 행복한 일을 찾는 편이 나아."

스테판 할아버지 목소리가 천둥처럼 들렸다. 귓등에서 소리치는 거 같아 주위를 살폈다.

"마렉, 네가 스테판 할아버지 흉내 낸 거야?"

"내가?"

"분명 들었는데."

"이젠 환청까지 들리냐."

마렉의 퉁바리에 머쓱해진 나는 냉큼 플라츠키를 먹었다.

"선생님, 내일 새벽에 떠나려 합니다."

마렉이 내 얼굴을 힐끔거렸다. 선택은 끝냈냐고 묻는 듯했다.

"남한으로 갈 거지?"

"네. 정확히는 경기도 파주라는 곳입니다."

오빠가 주머니에서 지도를 꺼내 펼쳤다. 오빠의 손끝이 폴란드를 지나 소련으로, 모스크바를 지나 소련의 동쪽 끝인 블라디보스토크로 향했다. 블라디보스토크에서 일본으로, 일본에서 바다를 건너 파주에 도착했다. 지도로 본 한반도는 소련과 비교하니 나무에 매달린 매미만큼 작았다. 분단된 남한은 더 작았다.

"저희 집 뒤에 파평산이 있습니다. 산에 올라 버섯을 따고, 고사리를 뜯고 도토리를 주웠어요. 엄마는 도토리로 묵을 쑤어 주셨지요. 엄마가 만들어 준 도토리묵이 정말 맛있었습니다."

오빠에게서 엄마라는 말을 듣자 기분이 묘했다.

"파주에 도착하려면 2년, 3년은 걸릴 것 같습니다. 더 걸릴 수도 있겠고요."

고작 한 뼘만큼의 거리를 가는 데 2년, 3년 넘게 걸린다니 놀라웠지만 내색하지 않았다.

"기차로 움직이는 건 위험해. 병원 주변과 기차역만 해도 널 잡기 위해 사람들이 쫙 깔린 것 같더구나. 기차마다 비밀 요원이 검문검색을 하고 있고. 오스트리아 국경을 넘던 아이들도 기차에서 검거되었다더라. 그 바람에 국경 경비가 삼엄해졌다고 해. 잠잠해질 때까지 기다렸다가 떠나는 건 어떠니?"

"말씀은 고맙지만… 새벽에 떠나겠습니다."

"알았다. 괜찮다면 내가 국경까지 태워 주마. 바르샤바에 일이 있기도 하고."

"…고맙습니다."

그제야 선생님 입가에 슬픈 미소가 피어났다.

시간이 쏜살같이 지나갔다. 선생님이 새벽에 떠나려면 잠을 자 두라고 했지만 그럴 수 없었다. 오빠는 커피에 설탕 한 스푼을 넣었고, 나와 마렉은 세 스푼을 넣었다. 우리는 커피를 들고 창가로 갔다. 별이 쏟아졌다. 달콤 쌉싸름한 커피를 한 모금 마셨다.

"곡식 커피를 마시면 우리 엄마가 만들어 준 미숫가루가 생각 나."

"미숫가루가 뭐야?"

마렉이 나 대신 물었다.

"볶은 쌀, 콩, 보리를 가루가 될 때까지 빻은 걸 미숫가루라고 해. 미숫가루를 꿀이나 설탕과 함께 물에 타 마시면 달콤하면서 고소해. 순례 너도 마셔 봤을 거야."

오빠 말대로 어쩌면 내가 곡식 커피를 좋아하는 이유가 미숫 가루의 기억 때문이었나 보다. 즐거운 몸의 기억들. 이제는 즐거 운 기억을 찾고 싶다. 엄마가 내 머리를 헤집고 이를 잡아 줄 때 마다 눈꺼풀이 스르륵 내려앉았던 기억, 고무줄을 잡아 주던 착 한 순분이와 순철이의 얼굴.

"우엑, 써."

커피 한 모금을 마신 마렉이 혀를 내둘렀다. 입맛이 딱 마그다 수준이었다. 마렉은 설탕을 두 스푼이나 더 넣어 아예 설탕물을 만들어 마셨다. 사랑을 모르는 네가 어찌 커피 맛을 알겠니.

"마렉, 이거."

오빠가 화장실에 간 사이 나는 얼른 마렉에게 퍼즐 한 조각을 내밀었다.

"그렇지. 너였지. 이 한 조각이 없어서 퍼즐 판을 완성 못 한 거 알지?"

마렉이 눈동자를 데굴거리며 입을 씰룩거렸다.

"미안."

"괜찮아. 돌아가서 완성하면 되지 뭐. 한나, 넌 나에게 퍼즐 한 조각이야."

핑그르르 눈물이 돌았다.

"순례야, 〈두 번은 없다〉 중에서 내가 좋아하는 부분을 읊어 줄게."

때맞춰 오빠가 돌아왔다. 반복되는 하루는 없다, 똑같은 밤은 없다, 똑같은 입맞춤도 없다…. 오빠가 시를 읊은 후 커피 한 모금을 마셨다. 역시 오빠는 낭만을 안다니까. 마렉이 짜증을 부리더니 제 방으로 가 버렸다.

"분홍 원피스가 잘 어울린다."

"고마워."

"무슨 생각 해?"

"오빠가 옆에 있어서 좋다는 생각."

오빠가 내 손을 잡아 주었다. 봄눈 녹듯 미움이 사르르 사라졌
지만, 눈물이 나왔다. 참으려 해도 눈물이 멈추지 않았다. 오빠가
눈물을 닦아 주었다.

잠시, 안녕

나는 오빠 손을 꼭 잡았다. 간간이 내뱉는 오빠의 한숨이 깊은 동굴 속에서 뿜어져 나오는 냉기같이 차가웠다. 잠시 후, 전등 빛이 우리 곁을 지나갔다. 우리는 서둘러 귀덕이 묘지로 갔다. 의사 선생님이 민머리 사내를 유인해 주었다. 그 시간은 길지 않을 것이다. 귀덕이를 안은 오빠 어깨가 들썩였다.

"귀덕아, 마지막 인사는 하지 않을 거야. 오빠가 꼭 올 테니까. 잠시, 잠시만 안녕."

불빛이 다가왔다. 마렉이 오빠의 손을 끌었다.

선생님이 자동차 시동을 걸 때까지 오빠는 말문을 닫았다. 오빠가 영원히 말을 하지 않을까 봐 겁이 났다.

"자, 이제 출발한다."

오빠의 닫힌 눈과 입술은 좀처럼 열리지 않았다. 마렉과 선생님까지 입을 다물었다. 침묵에 지친 마렉이 먼저 잠들었고, 나도 까무룩 잠이 들었다.

"…두렵습니다."

꿈속인지 오빠 목소리가 축축했다. 나는 오빠 어깨에 머리를 기대고 있었고, 오빠의 오른팔이 내 어깨 위에 놓여 있었다. 차가 덜컹거릴 때마다 오빠는 흔들리는 나를 잡아 주었다. 계속 잠든 척했다.

"최선이라 여겨서 했던 선택이 최악의 결과를 낳을 때가 있어. 내가 그랬거든. 첫째에게 둘째를 따라가지 말라고 했으면 첫째를 살릴 수 있었을까…. 나는 내 선택을 후회하고 있단다. 유대인을 실은 기차가 멈춰 섰어. 우리가 도착한 곳은 오시비엥침 수용소였어. 여자 줄에 선 아내와 딸과 헤어진 나는 탈수 증세를 보이는 막내를 업고 있었어. 독일 장교가 우리를 이편과 저편으로 가르더구나. 나는 떨어지지 않기 위해 첫째에게 막내의 손을 꼭 잡으라고 단단히 일렀어. 장교가 내게 묻더군. '이 아인 걷지 못하는가?' 그렇다고 대답하자 나와는 다른 쪽으로 막내를 분류하더라. 첫째에게 동생을 따라가라고 소리쳤어. 다행히 장교는 첫째를 막내 곁에 있게 했어. 그게 내가 가족과 함께한 마지막이었단다."

"선생님 잘못이 아닙니다."

"안타까워서 그래. 첫째를 내 곁에 두었다면 그 애만이라도 살릴 수 있었을 테니까."

선생님 한숨 소리가 길었다.

"가다 지치면 언제든 돌아오너라. 기다리고 있으마."

"그럴 일은 없을 겁니다. 선생님, 염치없지만 귀덕이를 잘 부탁합니다."

"매일 찾아보마. 귀덕이는 내 딸이었어. 그래서 살리고 싶었단다. 귀덕이를 잃고 싶지 않았어. 귀덕이와 너랑 살며 아빠의 삶을 누리고 싶었거든. 지금이라도 널 못 가게 말리고 싶구나. 널 떠나보내고 싶지 않아. 현수야, 나랑 살면 안 되겠니?"

"고맙습니다. 선생님 마음 간직하겠습니다. 다시 돌아오면 제 아버지가 되어 주셔요."

"고맙구나. 기다리마. 지금은 어떤 의미도 부여하지 말자. 시간이 흐른 후에, 그때 돌아보자꾸나. 이별은 언제나 슬프지만 말이다."

오빠가 울음을 삼켰다. 다시 긴 침묵이 이어졌다.

힘껏 기지개를 켰다. 내가 코를 드렁드렁 골았다며 오빠가 나를 놀렸다.

"오빠에게 줘야 했는데, 깜박했네."

배낭에서 상자를 꺼내 오빠에게 주었다. 오빠는 오랫동안 배냇저고리를 품에 안았다. 창으로 불어오는 바람이 오빠의 눈물을 날려 주면 좋겠다.

"순례야, 지금처럼 네가 간직해 줄래?"

"그래도 돼?"

"배냇저고리를 가지러 오려고."

"그럴게."

"고마워."

오빠가 나를 안았다.

나는 오빠의 사랑을 믿는다. 오빠가 나를 두고 떠난 건 나에 대한 사랑과는 별개의 문제다. 사랑해도 헤어질 수 있으니까. 사랑하기 때문에 떠나보낸다는 말을 몸소 실천하기에 나는 너무 어리다. 고작 열다섯밖에 되지 않았으니까. 그러나 받아들이기로 했다. 찌르르, 통증이 몰려왔다. 바늘 끝이 손끝을 찌를 때만큼 아팠다. 행복과 불행, 불행과 행복의 반복은 썰물과 밀물처럼 아주 자연스러운 현상이었다. 이 사실을 알게 된 나는 앞으로 다가올 불안을 조금은 느긋하게 맞이할 수 있을 것이다. 그리고 내게 온 행복을 온전히 만끽할 것이다. 그것이 오빠를 기다릴 힘이 될 테니까. 내 기다림은 다시 시작되었다. 여름방학이 아닌 매 순간을 기다림으로 채워 나가겠지. 사랑은 내일을 살아 낼 희망이니까. 어느새 내 마음에는 빈 의자 하나가 생겨났다. 언제든 돌아올 오빠를 위한 자리.

나는 오빠에게 줄 돌멩이를 움켜쥐었다. 떨어져 있는 육체보다 함께 있는 영혼이 더 가까이 있다는 걸 느낄 수 있도록 뽀뽀를 천 번이나 해 두었다. 그리고 마마와 파파의 영혼이 깃든 돌멩이를 매만졌다. 불안했던 마음이 편안해졌다. 내 불안의 실체는 마마 파파와의 이별에 대한 두려움이었는지도 모른다.

　'오빠, 잘 가. 폴란드로 나를 만나러 꼭 와 줘. 잠시, 안녕.'

작가의 말

여러분은 '버킷 리스트', 죽기 전에 꼭 하고 싶은 일이 있나요?

제 버킷 리스트 중 하나가 '폴란드 가기'였습니다. 《안네의 일기》를 쓴 안네의 숨결이 깃든 오시비엥침(아우슈비츠)과, 한반도에서 전쟁이 일어났을 때 폴란드로 위탁된 북한 고아들이 살았던 양육원이 있는 곳이기 때문입니다. 운 좋게 2022년 한국문화예술위원회 해외 파견 작가로 선정되어 폴란드에 가게 되었습니다.

폴란드는 2차 세계 대전 중 나치 독일로부터 학살을 겪었습니다. 그로부터 몇 년 뒤, 우리나라에서는 전쟁이 일어났죠. 전쟁이 한창일 때 북한은 전쟁고아들을 사회주의 국가였던 폴란드, 체코, 헝가리, 소련, 불가리아, 루마니아 등으로 보냈습니다. 이 위탁 고아 중에는 남한 출신 고아들도 있었습니다.

폴란드 정부는 전쟁고아들을 대대적으로 환영했지만 한편에서는 비밀 양육원을 운영했습니다. 당시 폴란드는 전쟁의 여파로 경제적 어려움을 겪고 있어, 너무 많은 고아를 받아들였다가는 국민의 원성을 사게 될까 두려웠던 것입니다.

양육원의 교사와 의사, 요리사들은 아이들을 극진히 보살폈습니다. 부모와 가족을 잃은 아이들에게 눈을 맞추고, 따뜻한 웃음과 부드러운 말로 사랑을 속삭였습니다. 전쟁의 아픔을 겪었던 아이들은 그들을 '마마', '파파'라 부르며 마음의 문을 열었습니다. 2차 세계 대전과 유대인 학살로 상처 입은 어른들이, 마찬가지로 전쟁에 상처 입은 아이들을 사랑으로 치유해 준 것입니다. 그렇게 8년이 지난 1959년 어느 날, 고아들은 갑작스러운 송환 명령을 받고 북한으로 돌아가야 했습니다.

"여기서 마마, 파파와 살고 싶어요."

교사들과 정이 든 아이들은 북한으로 돌아가고 싶지 않았습니다. 교사들 역시 아이들을 떠나보내고 싶지 않았지만, 나라의 명령을 어길 수는 없었습니다.

이 영화 같은 이야기는 모두 실화입니다. 《폴란드의 비밀 양육원》은 한반도에서 전쟁이 일어났을 때 폴란드로 보내진 소녀 '한나' 이야기입니다. 전쟁고아들에게 베푼 폴란드인들의 각별한 사랑을 통해 한나가 진정한 사랑의 의미를 깨닫는 과정을 그렸습니다.

끔찍한 고통을 당한 사람들이 어떻게 이런 사랑을 보여 줄 수 있었을까요. 비참하거나 참혹한 순간 인간의 본성이 도드라진다고 합니다. 최악의 순간에 최선을 선택하는 힘은 하루아침에 생겨나는 게 아닙니다. 불편하지만 조금씩 노력해야 하죠.

폴란드에는 빈 의자와 빈 접시 풍습이 있다고 합니다. 크리스마스가 되면 올지도 모를 누군가를 위해 빈 의자와 빈 접시를 마련해 놓습니다. 누구든 추위와 배고픔을 달랠 수 있게 말이죠.

저는 '나'에게만 향해 있던 시선이 '너'에게로 향하게 이끄는 힘이 바로 '빈 의자'의 마음이라고 생각합니다. 제가 폴란드 프와코비체 비밀 양육원을 방문했을 때는 러시아와 전쟁 중인 우크라이나의 난민들이 그곳에서 살고 있었습니다. 양육원은 전쟁고아들을 품었듯 우크라이나 난민들을 품고 있었습니다.

예전에 비해 세상은 편리하고 풍요로워졌지만 사람과 사람, 나라와 나라 사이는 점점 벌어진 듯합니다. 여기저기서 전쟁이 계속되고 있는 걸 보면요. 전쟁은 어린이와 청소년이라고 봐주지 않습니다. 전쟁의 가장 큰 피해자인 어린이와 청소년의 목소리는 전쟁을 일으킨 사람들에게 닿지 못하는 것이 현실이지요.

"전쟁, 반대!"

우리는 소리쳐야 합니다. 우리의 외침이 가닿는 곳마다 빈 의자가 생겨나게 해야 합니다.

《폴란드의 비밀 양육원》이 세상에 나오기까지 저에게 빈 의자를 내어 준 분들이 많습니다. 한국문화예술위원회, 바르샤바 대학교에서 한국학을 가르치는 유스티나 교수님과 요안나 작가님, 프와코비체 비밀 양육원과 김귀덕의 묘, 바르샤바 근교 양육원의 길잡이가 되어 주신 정성웅 선생님과 마그다 선생님, 한인협회 선생님들. 그리고 글을 쓰는 동안 제 곁에 머물러 준 바람, 햇살, 도서관, 책, 집, 가족, 친구, 밤, 영화, 노래, 그림…. 모두 고맙습니다.

마지막으로 이 소설을 읽는 시간이 여러분에게는 빈 의자를 마련하는 시간이 되었으면 합니다. 샬롬!

2024년 12월
장경선

오늘의
청소년
문학
44

다른 인스타그램

뉴스레터 구독

폴란드의 비밀 양육원

초판 1쇄   2024년 12월 15일

지은이   장경선

펴낸이   김한청
기획편집   원경은 차언조 양선화 양희우 유자영
마케팅   정원식 이진범
디자인   이성아 황보유진
운영   설채린

펴낸곳 도서출판 다른
출판등록 2004년 9월 2일 제2013-000194호
주소 서울시 마포구 동교로 27길 3-10 희경빌딩 4층
전화 02-3143-6478   **팩스** 02-3143-6479   **이메일** khc15968@hanmail.net
블로그 blog.naver.com/darun_pub   **인스타그램** @darunpublishers

ISBN 979-11-5633-658-7 44810
ISBN 978-89-92711-57-9 (세트)

* 이 도서는 2024년도 한국문화예술위원회 아르코문학창작기금(문학창작산실)사업에 선정되어
  발간되었습니다.

다른 생각이
다른 세상을 만듭니다